http://www.bbulmedia.com

血龍傳

혈룡전

혈룡전

기억의 주인 신무협 장편소설

3

뿔미디어

목 차

1장
제갈여령

"봉황산!"

제갈여령의 눈이 자신 앞에 우뚝 선 산 중턱을 향했다.

그 곳에 자신이 찾는 사람이 있을 것이다.

그녀의 할머니가 항상 이야기했던 세상에서 제일 강한 사람이 있는 곳.

천우(天扰).

변변한 별호조차 없는 이름 두 자.

"정말 그런 사람이 존재할 것이라고 생각하십니까?"

그녀를 호위하기 위해 함께 온 무림맹 금룡대 대주 전유가 미심적은 얼굴로 물었다.

제갈여령은 전유의 질문에 선뜻 대답하지 못했다.

제갈세가, 아니 무림 최고의 재녀로 일컬어지는 그녀가 어릴 적 들었던 조모(祖母) 석혜란의 이야기에만 의지해 마치 무언가에라도 홀리듯 이곳 산동까지 오게 된 것은 아무리 생각해도 한심한 일이었다.

더욱이 천우는 그녀의 할머니 석혜란이 열 살도 안 되었던 무렵에 증조부와 함께 한 번 만났을 뿐인 인물이었다.

본래 천우라는 사람은 석 씨 가문과 인연이 있었던 모양으로 석혜란의 아버지였던 석계벽은 일 년에 두서너 번씩 봉황산을 방문했다고 한다.

석혜란이 천우라는 사람이 천하제일인이라 믿는 이유 또한 단지 아버지 석계벽이 그렇게 이야기했기 때문이었다.

당연히 제갈세가의 그 누구도 조모인 석혜란의 허황되기까지 한 이야기에 관심을 기울이지 않았다.

제갈여령도 얼마 전까지는 마찬가지였다.

하지만 현재 무림의 상황은 지푸라기라도 잡아야 할 만큼 급박했다.

어느 날 갑자기 나타난 희대의 대마두 혈마가 정사마(正邪魔)를 가리지 않고 쑥대밭으로 만들고 있었기 때문이다.

이미 청성과 공동파, 사파 중 제일이라 불리던 흑살문까지 혈마와 그를 따르는 무리들이 만든 혈교라는 단체에 의해 무너졌다.

마교 역시 중원에 만들어 놓은 거점문파들이 혈교의 손에 속절없이 파괴되었다.

특히, 문제는 혈마였다.

그의 무공은 이미 인간의 경지를 벗어나 있었다.

소림은 물론, 정도 무림 최고의 고수이자 이성삼제(二聖三帝) 중 불성(佛聖)이라 불리던 금원선사가 이십 합을 넘기지 못하고 혈마의 손에 목숨을 잃었고, 마교의 사천왕 중 두 명 역시 혈마에게 목이 떨어졌다.

그 외에도 수많은 고수들이 혈마의 제물이 되었다. 제갈여령의 아버지이자 무림맹 군사이던 제갈현중 역시 보름 전 혈교에 의해 무림맹이 점령당하면서 목숨을 잃고 말았다.

더욱 놀라운 것은 마교 교주이자 현 강호 최고수라 일컬어지던 마성(魔聖) 혁리광마저 이틀에 걸친 대 접전 끝에 혈마에게 오른팔이 잘린 채 패퇴하고 말았다는 사실이었다.

이렇게 되면 작금 무림에는 혈마의 행보를 막을 수 있는 이가 없는 것이다.

중원 무림은 이제 혈마의 손아귀에 떨어지기 일보직전이었다.

강호는 절망에 빠졌고, 무림인들은 사방으로 흩어져 살길을 도모했다.

정도 무림맹 역시 전력의 이 할도 남지 않은 상태로 혈마를 피해 도주를 할 수밖에 없었다.

아직 어린 그녀가 돌아가신 아버지를 대신해 무림맹 군사 역할을 맡게 된 것만 봐도 지금 무림맹의 사정이 얼마나 궁색한지를 알 수 있었다.

제갈여령의 머릿속에 어렸을 적 할머니에게 들었던 이야기가 떠오른 것은 그녀가 군사 대행으로 임명된 직후였다.

봉황산에서 은거하고 있다는 신인(神人) 천우.

이미 아흔에 가까웠던 할머니의 이야기였기에 어렸을 적에는 동화나 전설처럼 느껴졌을 뿐이다.

하지만 지금은 그 전설에라도 기대야 하는 상황이었다.

그녀는 그야말로 지푸라기라도 잡는 심정으로 존재 자체가 불분명한 천우를 찾아 나서, 이렇게 봉황산에 오게 된 것이다.

"어차피 우리에겐 선택지가 별로 없어요……."

산 중턱을 바라보는 제갈여령의 눈동자가 흔들렸다.

어쩌면 그저 모든 것이 끝났다는 사실을 인정하고 싶지 않은 그녀의 의지가 헛된 희망을 쫓고 있는 것일 수도 있었다.

아마도 마지막 희망마저 사라진다면 오직 절망만이 남게 될 것이니.

"그래도 아직은 포기할 수 없어요!"

입술을 꼭 깨문 제갈여령이 봉황산으로 들어섰다.

전유가 착잡한 표정으로 그녀의 뒤를 따랐다.

"음……."

약 한 시진 반쯤 산을 오르던 제갈여령이 걸음을 멈추고 주변을 살폈다.

"분명 이쯤 어디인데……."

조모(祖母) 석혜란의 이야기로는 천우라는 고인이 머물고 있는 곳은 봉황산 중턱 비조암(飛鳥巖) 근처 골짜기라 했다.

그녀의 눈앞에는 마치 새가 날아오르는 듯한 모습과 흡사한 모양의 큰 바위가 자리하고 있었다.

"사람의 흔적이 보이지 않습니다."

전유가 회의적인 얼굴로 말했다.

근처에는 수풀이 빽빽이 우거져 있어 작은 길조차 보이지 않았다.

하지만 제갈여령은 전유의 말을 아랑곳하지 않고 눈을 가늘게 뜬 채 정신을 집중했다.

천령안이 발동하며 주변의 풍경이 변했다.

색색의 기운들이 얽혀 흐르는 모습이 눈을 희롱했다.

순간, 그녀의 얼굴에 희색이 돌았다.

"역시 진이 펼쳐져 있군요!"

전유의 두 눈이 커졌다.

"진이요?"

"그래요. 일종의 환영진입니다. 단순하면서도 상당히 수준이 높은 진이에요. 아마 제가 아니었다면 누구도 진을 알아차리지 못했을 거예요."

어찌 보면 광오하게 느껴지는 그녀의 말이지만, 전유는 당연하다는 듯 고개를 끄덕였다.

그녀가 천령안의 소유자라는 사실을 알고 있었기 때문이다.

게다가 그녀는 제갈량의 현신이라는 찬사를 받을 정

도로 제갈세가 역사상 전무후무한 기재.

이미 세가의 모든 지식을 통달했을 뿐만 아니라, 새로운 학문과 이론들을 발견하고 정립시킬 정도의 수준에 이르러 있었다.

아무리 무림맹의 사정이 열악하다 하지만 어린 그녀가 군사가 될 수 있었던 데에는 그만큼 자격이 충분했기 때문이기도 했다.

그렇기에 전유가 아닌 다른 누구라 해도 그녀의 말에 이의를 제기할 이는 없었다.

제갈여령과 전유의 얼굴에 희망이 일었다.

이런 고절한 진이 펼쳐져 있다는 것은 곧 천우라는 이가 실존할 가능성이 높다는 이야기였기 때문이다.

"따라오세요!"

제갈여령이 앞장서서 진으로 들어갔다.

"엇!"

진 안에 들어선 전유의 두 눈이 휘둥그레졌다.

갑자기 우거진 수풀이 사라지고 넓은 들판과 한 채의 아담한 모옥이 나타났기 때문이다.

모옥이나 주변이 잘 정돈되어 있는 것으로 보아 현재 누군가 살고 있는 것이 분명했다.

진 안으로 들어선 제갈여령이 걸음을 멈췄다.

그녀의 시선이 모옥으로 향했다.

두근!

순간, 제갈여령의 심장이 크게 고동쳤다.

동시에 무언가 이유를 알 수 없는 떨림이 그녀의 온몸을 관통했다.

어쩐지 피할 수 없는 무언가가 자신을 모옥으로 끌어당기고 있는 듯한 느낌이었다.

'대체 왜 이러지?'

제갈여령은 갑작스런 사태에 당황했다.

몽환적이면서도 심장이 두근거리는 흥분이 그녀의 머릿속을 새하얗게 만들었다.

"제갈 군사님? 무슨 일이십니까?"

그때, 전유의 목소리가 그녀를 세상으로 다시 돌려놨다.

"아……."

제갈여령의 입에서 자신도 모르게 탄성이 터져 나왔다.

어느새 심장 박동과 몸 상태는 정상으로 돌아와 있었다.

'무엇 때문이었을까? 할머님의 말이 사실이었다는 것을 확인해서 너무 흥분한 것인가?'

그녀가 고개를 절레절레 흔들었다.

모옥과 진을 발견했다 하여 천우가 존재한다는 사실이 아직 증명된 것은 아니다.

그녀의 미간에 내 천(川)자가 그려졌다.

"괜찮으십니까?"

전유가 걱정스러운 얼굴로 그녀에게 물었다.

"네, 너무 긴장했던 모양이에요. 이제 괜찮아졌으니 너무 걱정 마세요."

'어쨌든 중요한 것은 지금부터야…….'

제갈여령은 의문을 뒤로 한 채 길게 심호흡을 하고 모옥으로 걸음을 옮겼다.

그녀의 눈에 기대감이 일었다.

모옥 주변으로 펼쳐진 들판, 둥그렇게 둘러싼 숲, 할머니가 이야기 했던 풍경 그대로였다.

하지만 아직 문제가 있었다.

조모 석혜란이 여든일곱의 세수로 세상을 떠난 지 이미 이십여 년이 지나 버린 것이다.

천우란 인물이 실제로 존재한다 해도 구십여 년이 훌쩍 지난 지금까지 과연 살아 있느냐가 바로 문제였다.

물론, 할머니의 말을 그대로 믿는다면 충분히 살아

있을 가능성이 있었다.

당시 천우라는 사람의 외모는 고작해야 이십대로 보였다고 했다.

그가 실로 반선의 경지에 이른 고수라면 백 년을 넘게 사는 것도 결코 불가능한 일이 아니었기 때문이다.

'제발……'

제갈여령은 부디 그가 아직 세상에 남아 있기를 마음속으로 기도했다.

"실례하겠습니다. 천우 어른을 뵈러 왔습니다."

그녀가 조심스럽게 모옥을 향해 말했다.

꿀꺽!

전유가 잔뜩 긴장한 얼굴로 모옥 방문을 바라봤다.

끼이익!

목소리를 들었음인지 모옥 문이 천천히 열렸다.

'사람이 있어!'

작은 기대감에 제갈여령은 두근거렸다. 진이 펼쳐져 사람의 출입이 불가능한 이곳에 사람이 살고 있다면 그는 천우이거나 최소한 천우와 관련이 있는 자일 것이 분명했기 때문이다.

"전혀 기척이 느껴지지 않다니……"

전유가 놀란 표정을 지었다.

사람이 있었음에도 전유가 기척을 전혀 느끼지 못했다는 것은 모옥에 있는 이가 상당한 경지에 이른 고수라는 이야기였다.

기대감이 한층 더 커졌다.

"누구시오?"

모습을 드러낸 이는 의외로 기껏해야 스무 살 안팎의 나이로 보이는 젊은 사내였다.

사내는 제갈여령이 잠시 놀랐을 만큼 뛰어난 미남자였다.

쿠웅!

순간, 제갈여령의 가슴에 다시 한 번 큰 울림이 있었다.

그것은 결코 사내의 외모 때문이 아니었다.

아련하면서도 강렬한 알 수 없는 무언가가 그녀의 뇌리를 강타했다.

심호흡을 하며 가까스로 마음을 진정시킨 제갈여령이 사내를 찬찬히 바라봤다.

'저 사람이 천우일까?'

만일 그렇다면 구십여 년 동안 전혀 나이를 먹지 않았단 이야기.

그것은 곧 그가 말로만 듣던 반로환동의 고수라는 소리다.

그게 사실이라면 정말로 그가 혈마를 제압할 수 있을지도 모른다.

제갈여령이 조심스럽게 입을 열었다.

"이렇게 갑자기 찾아뵙게 되어 죄송합니다. 저는 무림맹의 군사인 제갈여령이라 합니다. 실례지만 천우 어르신 되시는지요?"

사내의 눈에 이채가 일었다.

그 모습에 제갈여령의 기대가 더욱 커졌다.

천우라는 이름에 반응했다는 사실은 그가 천우 본인이거나 최소한 천우에 대해 알고 있는 이라는 이야기이기 때문이다.

사내의 목소리가 이어졌다.

"천우라면 내 스승님의 존함이오만?"

"스승요? 그렇다면 당신은……."

아마도 사내는 천우의 제자인 듯했다.

"맞소. 그분의 제자요."

제갈여령이 고개를 끄덕였다.

그녀의 예상이 맞아 떨어진 것이다.

천우처럼 뛰어난 인물이 자신의 뒤를 이을 제자를 두

는 것은 당연한 일이었다.

어쨌든 이로써 천우의 존재가 확실해졌다.

"어떻게 스승의 존함을 알고 있는 것이오? 그분께서는 세상에 모습을 드러내지 않으셨는데?"

사내가 의아한 얼굴로 물었다.

"저희 할머니, 아니, 외증조부께서 천우 어르신과 알고 지냈다고 합니다. 석 씨에 계 자, 벽 자, 를 쓰시는 분이십니다."

"석 씨 가문의 후손이오?"

그제야 이해가 간다는 듯 사내가 고개를 끄덕였다.

아마도 석 씨 가문과 천우라는 인물과는 특별한 인연이 있는 듯했다.

"저희 조모께서 항상 천우라는 분이야말로 진정한 천하제일인이라고 말씀하셨지요."

제갈여령이 슬쩍 사내의 눈치를 봤다.

정말 그의 스승이 가공할 능력을 지니고 있는지 궁금했던 것이다.

순간 제갈여령의 눈동자가 빛났다.

사내가 당연하다는 듯 고개를 끄덕인 것이다.

그녀의 가슴에 희망이 일었다.

"죄송한데 스승님을 뵐 수 있을까요?"

제갈여령이 기대 어린 얼굴로 물었다.

"그건 곤란하오."

하지만 사내는 단칼에 제갈여령의 부탁을 거절했다.

너무도 단호한 사내의 태도에 제갈여령은 당혹스러움을 감추지 못했다.

"이 땅의 수많은 사람들과 무림의 존망이 걸린 무척 중요한 일입니다. 뵙고 이야기라도 나눌 수 있었으면 합니다."

제갈여령은 다시 한 번 간곡히 부탁했다.

"안타깝지만 불가능하오."

"대체 왜 안 된다는 거죠?"

제갈여령의 눈꼬리가 위로 치켜 올라갔다.

겨우 붙잡은 희망의 끈이다.

여기까지 와서 천우를 만나지도 못하고 그냥 갈 수는 없었다.

사내가 조금은 씁쓸한 표정을 지었다.

"스승께서는 이미 사십 년 전에 우화등선(羽化登仙)하셨소."

제갈여령은 뒤통수를 크게 한 대 맞은 사람처럼 멍하니 사내를 바라봤다.

"그, 그게 무슨……."

충격을 받은 그녀가 창백한 얼굴로 휘청였다.

결국 염려했던 일이 벌어지고 만 것이다.

물론, 죽음이 아닌 등선이었지만, 천우가 세상에 존재하지 않는다는 사실만은 매한가지였다.

그녀의 가슴은 텅 비어 버렸다.

마지막 희망이 사라진 것이다.

스스로도 가능성이 없는 일이라 생각했지만, 이렇게 상황이 실제로 닥치고 보니 그 상실감은 생각보다 컸다.

그것도 천우라는 인물이 존재한다는 사실을 확인한 순간이었기에 더욱더 그랬다.

"군사!"

전유가 얼른 제갈여령을 부축했다.

침통한 얼굴로 제갈여령이 한숨을 내쉬었다.

등선을 했다는 것을 보면 이미 반선의 경지에 다다라 있었다는 조모의 말이 사실이었기에 더욱 아쉬웠다.

'이제 무림은 혈마의 손아귀에 떨어지게 되는 것인가…….'

혈마를 막을 수 없다면 대체 얼마나 더 많은 피를 흘려야 할지 짐작조차 가지 않았다.

"휴…… 군사. 너무 상심치 마십시오."

그런 그녀의 마음을 알고 있는 전유가 위로의 말을 건넸다.

"상황이 무척 어려운 모양이오?"

사내의 목소리에 제갈여령이 힘없이 시선을 돌렸다.

"스승님께서 석 씨 가문의 부탁이라면 최선을 다해서 도우라 하셨소. 혹시 내가 도울 수 있는 일이라면 돕고 싶소."

"생각만이라도 고맙습니다."

제갈여령의 목소리에는 이제 체념이 담겨 있었다.

혈마를 잡으려면 그를 능가할 고수가 필요했다.

이제 스무 살 남짓한 천우의 제자가 과연 얼마나 도움이 될까.

'가만!'

순간, 제갈여령의 머릿속에서 섬광이 번쩍했다.

"실례지만, 지금 나이가 어떻게 되시는지요?"

그녀의 목소리는 약간 상기되어 있었다.

사내는 분명 자신의 스승이 등선한 지가 사십 년이 넘는다고 했다.

천우가 사내를 태어나자마자 이곳으로 데려왔다고 해도 그의 나이는 최소한 사십을 넘었다는 이야기.

게다가 한 살 아이에게 무공을 가르치지는 않았을 테

고, 사제의 관계를 논할 정도라면 제법 오랜 시간 동안 함께하며 가르침을 받았을 것이다.

천우에게 무공을 배운 것이 열 살까지라고 가정해도 사내의 나이는 이미 오십이 넘었다는 이야기.

한데, 놀랍게도 사내의 외모는 기껏해야 스물 안팎으로 보였던 것이다.

어쩐지 외모에 비해 말투가 노회해 보인다 했는데!

'서, 설마!'

제갈여령의 두 눈이 가늘게 떨렸다.

"나이라……."

기억을 더듬듯 잠시 생각에 잠겼던 사내가 피식 웃으며 말했다.

"그러고 보니 올해로 딱 백 해를 살았구려."

전유와 제갈여령이 경악스러운 얼굴로 눈을 부릅떴다.

"바, 반로환동!"

전유가 자신도 모르게 소리쳤다.

제갈여령은 어느새 흐트러진 정신을 가다듬고 있었다.

'내가 왜 그 생각을 못했을까!'

천우의 제자라면 분명 그의 절기를 그대로 이어받았

을 것이다.

"죄송하지만, 스승님의 절기를 얼마나 습득하셨나
요?"

제갈여령이 떨리는 목소리로 물었다.

"이미 십 년 전에 모두 내 것으로 만들었소만?"

너무도 덤덤한 대답에 전유와 제갈여령이 두 눈을 부
릅떴다.

십 년 전에 이미 천우의 절기를 모두 자신의 것으로
만들었다는 것은 즉, 사내가 천우의 경지에 올라섰다는
이야기였다.

사내라면…… 혈마를 막을 수 있을지도 몰랐다.

풀이 죽어 있던 제갈여령의 얼굴에 생기가 돌았다.

"정말 도와주실 건가요?"

"물론이오. 내가 할 수 있는 일이라면."

제갈여령의 눈에 눈물이 글썽였다.

모든 게 끝났다 여겼는데 돌파구가 열린 것이다. 혈
마만 사라진다면 혈교는 아무것도 아니었다. 정도 무림
이 힘을 합친다면 얼마든지 상대할 수 있었다.

제갈여령은 벅차오르는 가슴을 간신히 억누르며 입을
열었다.

"정말, 정말 감사합니다. 그러고 보니 아직 존함을

여쭙지도 못했습니다."

　사내가와 제갈여령의 눈빛이 마주쳤다.

　"진운룡이오."

　두근!

　순간 알 수 없는 운명의 떨림이 다시 한 번 제갈여령
의 온몸을 관통했다.

2장
움직이는 암류

오십여 평 넓이의 어두운 석실.

원탁을 중심으로 여덟 사람이 앉아 있었다.

그중에 한 사내는 놀랍게도 염상 방염의 장원에서 무사들을 지휘하던 오 사령이라 불리던 자였다.

"큭큭큭! 백승. 꽁지 빠지게 도망쳤다는 것이 사실이냐?"

꼽추에 한쪽 얼굴이 부자연스럽게 일그러진 노인이 무엇이 그리 재미있는지 오 사령 백승을 보며 킥킥댔다.

"주인께서 내리신 은혜를 받고도 기껏 무인 나부랭이에게 패한 것도 모자라 도망치기까지 하고, 네 녀석이 감히 무슨 낯짝으로 얼굴을 드러낸 것이냐?"

은으로 만든 가면—특이하게도 눈물을 흘리며 웃는
도깨비 모습의—을 쓴 적발의 사내가 두 눈에서 혈광을
뿜어내며 말했다.

두 사람의 질책에도 불구하고 오 사령 백승의 얼굴은
차분했다.

백승의 한쪽 입꼬리가 위로 말려 올라갔다.

"놈은 무사 나부랭이가 아니오. 혈신대법에 대해 알
고 있었소."

백승의 말에 석실의 분위기가 급변했다.

그를 비웃던 이들의 표정이 순식간에 굳어 버렸다.

"어머! 그 말이 사실인가요?"

이제 갓 열일고여덟 쯤 되었을까 싶은 앳된 소녀가
눈을 동그랗게 뜨며 놀랐다.

마치 토끼처럼 놀라는 모습이 너무도 순수하고 귀여
워 보였다.

하지만 사실 이 소녀야말로 사령들 중 가장 잔인하고
악독한 이 사령 심유화였다.

그녀는 특히 아이들의 피를 즐겨 마셨는데, 그녀의
용모가 앳돼 보이는 이유 역시 그 때문이었다.

"믿을 수 없다. 오 사령."

"거짓말한다."

"덮으려는 거다. 본인 잘못."

라마승 복장의 세 중이 어눌한 말투로 앞다투어 한 마디씩 했다.

그들 세 사람은 키는 채 오 척도 되지 않았고 머리가 비정상적으로 컸는데, 마치 세 쌍둥이처럼 똑같은 외모를 가지고 있었다.

다소 우스워 보이는 외모, 말투와 달리 그들의 목소리는 날카로우면서 한기가 어려 있었다.

셋은 잠시 백승을 노려보곤 자기들끼리 무언가 수군거렸다.

"그뿐만이 아니오. 놈은 혈신대법을 받은 빙염을 꺾었을 뿐 아니라, 팔로금쇄멸혼진을 단 두 수만에 부숴 버렸소."

"케케케……. 어차피 방염이야 혈신대법을 받은 지 얼마 되지 않아 아직 그 위력을 발휘하지 못했을 테니 그리 놀라울 일도 아닌데, 호들갑이 너무 심하군그래."

꼽추 노인이 누런 이를 드러내며 백승을 비웃었다.

"흐음……. 그래도 팔로금쇄멸혼진을 깬 것은 쉽게 넘길 일이 아니에요."

이 사령 심유화가 고운 아미를 찡그리며 말했다.

"오 사령은 놈에 대해 좀 더 자세히 말해 보라."

은가면 사내가 딱딱한 목소리로 말했다.

전체적인 분위기를 보아 은가면의 사내가 사령들의 우두머리인 듯했다.

은가면 사내의 말에 진운룡의 신위를 다시 한 번 떠올린 백승이 눈가를 가늘게 떨었다.

"놈의 능력은 그야말로 경악스러운 것이었소. 피의 권능을 사용한 상태에서도 상대가 되지 않을 정도였소이다. 게다가 놈이 사용한 무공은 이제껏 듣도 보도 못한 생소한 것이었소."

순간 장내의 분위기가 차가워졌다.

"오 사령은 지금 감히 피의 권능이 고작 스무 살 안팎의 애송이에게 무너졌다고 말하는 것인가?"

은가면 사내의 목소리에는 살기가 담겨 있었다.

"직접 겪은 나 역시도 도저히 믿지 못할 일이오."

이 상황에서 백승이 거짓말을 할 이유가 없었다.

"으음……."

은가면 사내가 침음성을 흘렸다.

피의 권능은 그들의 주인에게서 받은 특별한 은혜.

피의 권능을 사용한다면 십이천을 상대한다 해도 결코 밀리지 않을 자신이 있었다.

한데, 이름조차 알려지지 않은 강호 초출 애송이에게 피의 권능이 무너지다니, 너무도 충격적인 일이었다.

백승을 비웃었던 꼽추 노인조차도 피의 권능을 사용하고도 상대가 되지 않았단 말에는 입을 열지 못했다.

"죽인다. 놈을."

"없다. 용납. 감히 피의 권능!"

"찢는다. 온몸을 갈기갈기!"

세 라마승이 정신없이 말을 내뱉었다.

"킬킬, 대계가 곧 시작되는데 겨우 애송이 하나 때문에 쓸데없는 힘을 낭비하자는 건가?"

꼽추 노인이 라마승들을 바라보며 조소를 날렸다.

"하지만 이대로 놈을 방치한다면 변수가 될 수도 있소."

백승이 라마승들의 의견에 동의했다.

"호호호, 오 사령께서는 너무 겁을 집어먹은 것 아니에요? 설마 놈이 오 사령을 이겼다 해서 우리도 똑같을 것이라 여기는 건 아니겠지요?"

너무도 순수해 보이는 웃음과 달리 심유화의 목소리에는 한기가 흐르고 있었다.

백승의 표정이 일그러졌다.

하지만 그의 실력이 다른 사령들에 비해 떨어지는 것

은 분명한 사실이었기에 심유화의 말에 반박할 수 없었다.

"으음……."

은가면 사내가 고민에 빠졌다.

"제가 놈을 만나 보도록 하죠."

그때, 관능적이면서도 힘이 느껴지는 목소리가 대화에 끼어들었다.

목소리의 주인은 여인임에도 육 척이 넘는 큰 키를 가진 이였다.

그럼에도 불구하고 그녀는 전혀 부담감이 느껴지지 않는 균형 잡힌 몸매를 소유하고 있었다.

오히려 요염하기까지 한 그녀의 풍만한 육체는 어느 사내라도 마음을 빼앗길 수밖에 없을 정도로 아름다웠다.

"놈을 직접 만나 본다?"

은가면 사내의 두 눈에 이채가 일었다.

"놈이 벌써 두 번씩이나 우리 일을 방해한 이상, 반드시 그에 대한 응징을 해야 한다는 것에는 모두 동의하시겠죠?"

사령들이 고개를 끄덕였다.

"하지만 이왕 놈을 해치울 거라면 오 사령이 했던 실

수를 반복하지 않도록 해야 해요."

오 사령이 씁쓸한 표정을 지었으나, 따로 반박하지는 못했다. 어쨌든 자신이 임무에 실패한 것은 사실이었기 때문이다.

"그러기 위해서는 놈에 대해 정확히 파악할 필요가 있죠."

여인의 눈동자에 빛이 일었다.

"또, 놈의 배후가 있을 가능성도 생각해야겠지요. 결국, 놈을 죽이는 것만으로는 아무것도 아니에요. 하니 제가 놈에게 접근해서 혈신대법에 대해 알고 있는 이유와 정체, 배후를 알아 오도록 하지요. 그 후에 제가 직접 놈의 껍질을 벗기고 사지를 잘라 감히 우리에게 도전한 대가를 치르도록 할 거예요."

여인이 혀로 입술을 핥으며 말했다.

"육 사령이 직접 나서 준다면 고마운 일이지."

은가면 사내가 천천히 고개를 끄덕였다.

육 사령 홍혜란은 사령들 중 가장 늦게 주인의 은혜를 입은 이였다.

그럼에도 불구하고 그녀는 다른 사령들이 무시할 수 없는 실력을 가지고 있었다.

옥기린 남궁린의 일도 그녀의 공이 컸다.

게다가 어지간한 사내보다 독하고 강단이 있었으며 머리도 뛰어났다.

그녀라면 충분히 정체불명의 애송이에게 접근해 정보를 알아낼 수 있으리라.

"다른 사람들의 생각은 어떤가?"

은가면 사내가 다른 사령들에게 의견을 물었지만, 누구도 이의를 제기하는 이는 없었다.

그들 역시 육 사령의 능력을 잘 알고 있었기 때문이다.

"좋아. 그렇다면 육 사령이 놈을 맡아 주게. 방법은 전적으로 그대에게 맡기겠네."

"기대를 저버리지 않도록 하지요."

만면에 의미심장한 미소를 머금은 육사령이 다른 사령들에게 고개를 숙여 인사를 한 후 천천히 석실을 나섰다.

*   *   *

소은설은 안절부절 못하며 방 안을 서성거리고 있었다.

'내, 내가 어젯밤에 대체 무슨 소리를 한 거야……'

진운룡에게 남아 달라고 울먹이던 자신의 모습을 떠올리니 자꾸만 얼굴이 화끈거렸다.

다시 생각해 보니 자신의 모습이 마치 정인에게 제발 자신을 떠나지 말라 매달리는 여인의 그것과 흡사했기 때문이다.

'저, 절대 딴 마음이 있어서 그런 것은 아니야! 그저 그 사람이 다시 혼자 쓸쓸히 돌이 되어 버리는 것이 너무 불쌍해 보여서 그랬던 것뿐이야!'

소은설은 고개를 세차게 흔들며 혼란스러운 마음을 억지로 잠재웠다.

하지만 그녀의 가슴은 의지와는 다르게 진운룡을 생각할 때마다 두근대고 있었다.

'그 사람이 무슨 이상한 술법이라도 쓴 거야! 아니면 내가 미쳐 가는 게 분명해! 으…… 소은설! 정신 차려!'

머리를 쥐어뜯던 소은설이 침상에 몸을 던졌다.

＊　　　　＊　　　　＊

"하압!"

콰악!

적산의 검이 땅바닥을 찍으며 흙이 튀어 올랐다.

어느새 신웅은 긴 수염을 휘날리며 일 장 뒤로 훌쩍 물러선 상태였다.

적산은 개의치 않고 그대로 몸을 날렸다.

쉬이익!

동시에 적산의 검으로부터 검기가 마치 채찍처럼 쭈욱 늘어나 신웅을 향해 쏘아졌다.

신웅이 눈을 부릅뜨며 급히 신형을 낮추었다.

스악!

검기가 신웅의 머리 위를 간발의 차로 스치고 지나갔다.

'대단하군!'

적산의 발전 속도는 그야말로 경악스러운 수준이었다.

검기를 발현시키기 시작한 지 이제 겨우 며칠 정도밖에 지나지 않았는데, 어느새 자유자재로 사용하고 있었다.

아직 공력에서는 신웅에게 한참 못 미쳤지만, 초식의 응용이나 검기를 다루는 실력은 결코 얕잡아 볼 수 없는 수준이었다.

때문에 처음에는 적산이 하도 끈질기게 어쩔 수 없이

대련을 받아 주었지만, 요즘은 오히려 자신의 수련에도
도움이 되고 있었다.

'세상에 천재니 기재니 하는 이들을 많이 만나 봤지
만 이 녀석은 정말 괴물이군!'

신웅이 속으로 혀를 내둘렀다.

"타앗!"

어느새 신웅을 따라잡은 적산이 위에서 아래로 벼락
처럼 검을 내려쳤다.

쩌어엉!

신웅이 재빨리 도를 들어 적산의 검을 막아 냄과 동
시에 적산의 오른다리가 하체를 쓸어 왔다.

터억!

공력을 끌어 올린 신웅이 두 다리를 단단히 하며 버
텨 내자 적산의 검기가 다시 한 번 불을 뿜었다.

파파파파팍!

검이 분열하며 전광석화 같은 공격이 연달아 쏟아졌
다.

"크하하하하! 내 오늘 수염을 깔끔하게 정돈해 드리
겠소!"

지치지도 않는지 적산은 숨 쉴 틈도 없이 검을 휘둘
렀다.

팔, 다리, 옆구리, 가슴 등 가리지 않고 온몸 구석구석 쏟아지는 검격에 신웅은 정신이 없을 지경이었다.

쩌어엉!

더 이상 버티지 못하고 공력을 잔뜩 끌어 올려 적산의 검을 튕겨 낸 신웅이 뒤로 훌쩍 물러섰다.

"오늘은 여기까지 하세. 이러다 내가 제명에 못 살겠네."

신웅이 고개를 절레절레 흔들며 길게 한숨을 내쉬었다.

"쳇!"

적산이 아쉬운 듯 입맛을 다셨다.

"이리 가까이 오거라."

두 사람의 대결을 지켜보던 진운룡이 적산을 불렀다.

흐트러졌던 적산의 모습이 순식간에 진중해졌다.

"주군."

천천히 다가선 적산이 진운룡에게 고개를 숙였다.

"받아라."

진운룡이 서책 하나를 적산에게 건넸다.

"이것은……!"

적산의 입꼬리가 위로 말려 올라갔다.

서책의 표지에는 무류검보(無流劍譜)라고 적혀 있었다.

드디어 진운룡이 적산에게 검법을 전해 준 것이다.

적산의 눈동자가 세차게 흔들렸다.

"감사하오! 주군!"

쿵!

적산이 그대로 바닥에 무릎을 꿇었다.

"무류(無流)란 흐름이 없다는 것이 아니라, 흐름에 얽매이지 않는다는 뜻이다. 무류검보는 특별한 초식을 가르치지 않고, 초식이 만들어진 원리와 인간이 검을 이용해 구현해 낼 수 있는 움직임들에 대해 기술되어 있다. 다른 이라면 쉽지 않은 검법이겠으나, 네 녀석이라면 얼마든지 이해하고 익힐 수 있을 것이다."

사실 무류검보는 검법이라기보다는 검의 오의에 대해 설명한 검술서라 봐야 했다.

초식이 만들어진 원리를 배우고 검의 움직임과 기의 흐름에 대해 이해함으로써 스스로 초식을 만들어 내도록 한다.

틀이 없으니 한계 역시 없고, 발전 가능성이 무궁무진했다. 그야말로 본인의 재능에 따라서는 얼마든지 검의 극의에 다다를 수 있는 최고의 검술서였다.

문제는 검보에 기술된 상승의 무리들이 범인들은 이해조차 할 수 없을 정도로 난해하다는 것이다.

그도 당연한 것이, 검을 처음 배우는 이에게 검의 오의에 대해 설명한다고 해서 알아들을 리가 없지 않겠는가?

게다가 초식을 스스로 만들라니…… 어찌 보면 이것은 무공비급이 아니라 그저 이론서에 불과한 것이다.

때문에 오성이 떨어지거나 경지가 낮은 이들에게는 돼지 목의 진주와 같은 무서(武書)였다.

하지만 적산은 신웅의 이야기만 듣고도 검기를 발현해 낸 천고의 기재.

진운룡은 그가 충분히 무류검보를 이해하고 자신의 것으로 만들 수 있을 것이라 여겼다.

오히려 자유분방하고 어디로 튈지 모르는 적산에게는 한계를 정하지 않는 무류검보야말로 가장 최적화된 무공서라 할 수 있었다.

"서두르지 말고 네 것으로 완벽하게 만들 때까지는 결코 다음 단계로 넘어가지 말거라. 하나가 비면 둘이 비게 되고, 시간이 흐른 뒤에는 마치 벌레가 갉아먹은 나뭇잎처럼 썩은 껍데기만 남게 된다."

진운룡이 무겁고 엄중한 목소리로 주의를 줬다.

"명심하겠습니다, 주군!"

흥분을 감추지 못하는 목소리로 적산이 대답했다.

그 모습을 바라보는 신웅의 마음은 한편으로는 부러우면서도 또 한편으로는 난감하기도 했다.

진운룡이 드디어 무공을 가르치기 시작한 이상 앞으로 얼마나 더 발전하게 될지 두려웠기 때문이다.

비무가 더 고달파질 것을 생각하니, 신웅은 머리가 지끈거렸다.

*   *   *

진운룡과 소은설이 천사교에 대해 조사하기 위해 당분간 황보세가에 머물기로 하자, 소진태 역시 함께 남아 진운룡을 돕기로 했다.

사실 그가 남는다 하여 별다른 도움이 되는 것은 아니나, 진운룡에게 큰 은혜를 입은 그로서는 조금의 힘이라도 보태고 싶었기 때문이다.

소진태와 함께 갇혀 있던 자들은 대부분 문파에서 상당한 위치에 있던 이들이었다.

그중에는 남궁린을 포함 오대세가와 구파일방의 제자들도 상당수였다.

그것은 곧 이 일의 배후에 있는 세력이 결코 만만치 않은 자들이란 사실을 말해 주고 있었다.

납치당했던 무인들은 당분간 황보세가에 남아 자신들의 문파나 가문 사람들을 기다리기로 했다.

황보세가에서는 그들이 불편함 없이 감금 생활로 인해 쇠약해진 체력을 회복할 수 있도록 배려해 주었다.

방염의 장원을 습격한 지 사흘째 날.

"가주님!"

황보세가 가주전이 아침부터 떠들썩해졌다.

총관 황보혁성이 무슨 일 때문인지 허겁지겁 달려온 것이다.

"무슨 일인데 그리 소란이냐?"

황보가의 가주 황보혁군이 눈살을 찌푸리며 물었다.

"남궁공자가 깨어났습니다!"

황보혁군이 자리에서 벌떡 일어섰다.

"그 말이 사실이냐? 당장 가 보자!"

황보혁군이 장포 자락을 휘휘 날리며 남궁린이 있는 별채로 향했다.

가주인 그가 이토록 체통을 지키지 못하고 서두르는 이유는 아무래도 남궁린이 맹주 남궁진천의 손자인 탓이 컸다.

누가 뭐래도 남궁진천은 현 정파 무림의 태산과 같은 인물이었다.

그가 목숨처럼 아끼는 이가 바로 남궁린이었기에 아무리 황보세가라 해도 결코 소홀히 할 수 없는 것이다.

별채에 도착하니 의당의 수장인 장환이 남궁린의 상태를 살피고 있었다.

"오…… 오셨습니까?"

황보혁군을 발견한 남궁린이 휘청거리며 몸을 일으키려 애썼다.

"어허, 아직 몸도 성치 않은 사람이 뭐하는 짓인가? 무리하지 말고 그대로 누워 있게!"

황보혁군이 급히 남궁린을 말렸다.

"상태는 좀 어떤가?"

"걱정 마십시오. 오래 누워 있어 기력이 없을 뿐, 전체적인 외상과 내상은 모두 치료된 상태입니다. 아마도 내일쯤이면 훌훌 털고 일어날 수 있을 겁니다."

장환이 미소를 지으며 말했다.

"참으로 다행이군. 자네 같은 인재를 잃지 않았다는 것은 그야말로 정도 무림의 홍복일세!"

"과한 말씀이십니다. 제가 너무 미흡한지라 쓸데없이

많은 분께 걱정만 끼쳐 드렸으니 그저 죄스러울 따름입니다."

남궁린이 씁쓸한 미소를 지었다.

무림 최고의 기재네, 후기지수 중 으뜸이네 칭송받던 그였으나, 정체조차 알 수 없는 무리들에게 납치를 당하는 치욕을 겪고 나니 자신만만하던 마음은 이미 사라진 지 오래인 듯 보였다.

이제 무슨 낯으로 다시 무림인들 앞에 설 수 있단 말인가.

"의기소침할 필요 없네. 황보세가의 비천대마저 제대로 손써 보지 못하고 놈들에게 놀아났을 정도네. 어린 자네가 어찌할 수 있는 자들이 아니네."

남궁린의 눈이 휘둥그레졌다.

비천대라면 실체가 확실히 알려져 있지는 않지만, 무림인들의 사이에서 암암리에 입에 오르내리는 황보세가 정예들로 이루어진 비밀조직을 일컫는 것이었다.

소문에 의하면 이제껏 단 한 번도 임무를 실패한 적이 없다고 했다.

한데, 그런 비천대가 손도 제대로 못 쓰고 당했다는 것은 놀라운 일이었다.

더욱이 그 사실을 외인인 자신에게 스스럼없이 밝히

는 황보혁군의 모습도 의외였다.

물론, 황보혁군은 진에 빠지는 바람에 비천대가 능력을 전혀 발휘하지 못했다는 것은 굳이 이야기하지 않았다.

"자네는 그저 빨리 몸을 회복해서 예전 모습으로 돌아가는 것에만 신경 쓰게. 그것이야말로 자네가 겪을 치욕을 씻고 새로운 미래를 여는 길이네."

"신경 써 주셔서…… 참으로 감사합니다."

남궁린이 고개를 숙여 황궁혁군에게 감사했다.

"한데, 그렇다면 저를 구한 것은 누구입니까?"

비천대가 무너졌다면 대체 누가 자신을 구했는지 궁금했던 것이다.

황보세가에서 비천대를 파견했다는 것은 이번 일을 세가 차원이 아니라 비밀리에 움직였다는 이야기다.

그것은 곧 황보세가의 다른 조직이 작전에 참여할 수 없었다는 말이다.

그렇다면 과연 누가 남궁린을 구했다는 말인가.

"그러지 않아도 자네가 깨어나면 서로 인사를 시켜 주려 했었네. 황보세가에 손님으로 머물고 있는 진운룡 소협이, 자네뿐 아니라 잡혀 있던 다른 사람들과 비천대를 구했네."

"단 한 사람이…… 말입니까?"

남궁린이 믿기지 않는다는 얼굴로 반문했다.

도대체 누가 있어 황보세가 최고의 무력조직 중 하나인 비천대를 박살 낼 정도의 적들을 혼자서 제압했다는 말인가?

최소한 십이천(十二天) 정도는 돼야 그 가능성을 논할 수 있는 일이었다.

게다가 황보혁군이 소협이라 칭하는 것을 보면 나이도 자신과 별 차이가 없는 젊은 자임이 분명했다.

이제껏 자신의 경지에 대해 나름 자부심을 느끼던 남궁린으로서는 무기력하게 납치를 당한 사건 이후로 다시 한 번 충격을 받을 수밖에 없었다.

"사실 그곳이 악적들의 소굴임을 알아낸 것도 하오문과 진 공자의 공이네."

남궁린은 황보혁군의 말이 귀에 들어오지도 않았다.

"가주님. 죄송하지만, 진 공자를 한번 만나보고 싶군요."

"그래. 자네 몸이 어느 정도 회복되면 내가 따로 자리를 마련하도록 하지. 우선은 다른 생각은 말고 회복에 중점을 두게."

"감사합니다."

가볍게 고개를 끄덕인 황보혁군은 다시 한 번 남궁린에게 몸조리에 신경 쓰라 당부하고는 별채를 나서 자신의 처소로 돌아갔다.

"진운룡이라……"

진운룡의 이름을 되뇌는 남궁린의 눈빛이 의미심장하게 빛났다.

*　　　　*　　　　*

진운룡과 소은설, 소진태 세 사람은 천사교에 대한 정보를 얻기 위해 하오문 제남 분타인 천운상회로 걸음을 옮겼다.

도박장 특유의 쾌쾌한 공기를 참아 내며 지하로 내려간 세 사람을 맞이한 것은 뜻밖의 인물이었다.

"어서 오시오, 진 공자. 말씀은 많이 들었소이다."

동그란 눈에 툭 튀어나온 입술, 얼핏 보면 마치 붕어나 잉어를 닮은 듯한 조금은 우스꽝스러운 외모를 가진 중년 사내가 반갑게 인사를 해 온 것이다.

"무, 문주께서 어찌?"

소진태가 놀란 얼굴로 중년 사내를 바라봤다.

그럴 수밖에 없는 것이 사내는 바로 하오문 문주 곽지량이었던 것이다.

"하하하, 뭘 그리 놀라나? 내가 못 올 곳에 오기라도 했나?"

곽지량이 호탕하게 웃으며 말했다.

진운룡의 두 눈을 가늘게 떴다.

곽지량이 이곳까지 온 이유는 빤했다.

바로 자신 때문이리라.

"서 있지들 말고 일단 자리에 앉읍시다."

유들유들한 웃음을 지으며 곽지량이 일행에게 자리를 권했다.

진운룡과 일행은 의구심을 품은 채 곽지량을 바라봤다.

"하하하. 맞소이다. 내가 이곳에 온 이유는 진 공자 때문이오."

곽지량은 의외로 순순히 자신의 의도를 인정했다.

"명색이 하오문 문주라는 사람이 궁금한 것을 참을 수는 없지 않겠소? 이거 이렇게 직접 만나 보니 소문보다 더 미남이시구려?"

눈을 빛내며 싱글거리며 곽지량의 모습은 하오문 문주라기보다는 호기심을 참지 못하는 순수한 어린아이의 그것과 같았다.

하지만 곽지량의 의도가 진정 순수하다고는 아무도
믿지 않았다.

"난 다른 사람의 호기심거리가 될 생각은 조금도 없
소만."

진운룡의 냉랭한 대답에도 곽지량은 전혀 개의치 않
았다.

"하하하! 그렇다고 절대 진 공자를 귀찮게 하지는 않
을 것이니 걱정하지 마시오. 그나저나 이렇게 예까지
직접 찾아온 것을 보면 무슨 용건이 있는 듯한데……."

곽지량이 진운룡의 눈치를 살피며 은근한 목소리로
말했다.

그의 눈빛은 진운룡에 대해 파악하기 위해 여념이 없
었다.

진운룡의 미간에 내 천(川) 자가 생겨났다.

다른 이들의 분석거리가 되는 일은 결코 즐거운 일이
아니었기 때문이다.

하지만 하오문의 정보가 필요한 상황이었기에 일단은
참기로 했다.

"천사교에 대해 알고 싶소."

곽지량의 관심이 거북했던 진운룡이 거두절미 하고
곧장 용건을 말했다.

"호오······. 의뢰로군요?"

"크흠······ 문주. 의뢰라니요? 진 공자는 제 은인이십니다. 제 제량만으로도 충분히 도움을 줄 수 있는 상황이 아닙니까?"

소진태가 곤란한 얼굴로 말했다.

"어허, 소 분타주. 성격도 급하시오. 내 말을 끝까지 들어 보시구려."

곽지량이 짐짓 소진태를 책망했다.

"천사교에 대한 정보 요청은 의뢰임은 분명하나······."

잠시 뜸을 들인 곽지량이 말을 이었다.

"진 공자는 소 분타주의 은인이시니, 이는 곧 하오문의 은인과 같소이다. 우리 하오문은 밑바닥 인생들이 모인 곳인 만큼 은원을 확실히 하지요. 그러니 문주의 재량으로 진 공자에게는 대가를 받지 않도록 하지요!"

마치 큰 인심이라도 쓴다는 듯 생색을 내는 곽지량의 모습에 소진태가 헛기침을 했다.

"단! 한 가지 제안이 있습니다."

그때, 곽지량이 눈을 빛내며 말했다.

그의 입가에는 의미심장한 미소가 걸려 있었다.

무언가 꿍꿍이가 있는 것이 분명했다.

"아, 아, 결코 거래나 그런 것이 아니라 일종의 부탁 같은 것이니 절대 오해하지 말구려."

진운룡이 눈살을 찌푸리자 곽지량이 급히 손을 내저었다.

"말해 보시오."

사실 진운룡 입장에서도 혈신대법의 배후에 대해 조사하려면 하오문의 도움이 필요한 상황이었기에 어느 정도 선에서라면 그들을 도와줄 마음이 있었다.

그가 파렴치한 불한당이나 무뢰배도 아니고, 아무런 대가 없이 정보를 요구하기는 싫었기 때문이다.

진운룡이 그다지 거부감을 보이지 않자 곽지량의 얼굴에 화색이 돌았다.

"하하하! 역시 영웅은 화통하구려! 내 그럼 주저 않고 이야기 하겠소이다."

곽지량이 기다렸다는 듯이 준비해 놓은 이야기를 풀어냈다.

"본인도 잘 알겠지만, 진 공자가 아무리 초월적인 무공 실력을 가지고 있다고 해도 음모와 모략이 난무하는 험난한 강호에서 지내려면 독불장군으로는 한계가 있소이다. 물론, 진 공자가 은거해서 속세를 등진다고 하면 상관없겠지만, 세상이라는 것이 결국엔 인간과 인간의 관계가 어우러져서 복잡하게 엮이게 되면 힘만으로는 해결할 수 없는 일들이 많은 법이오."

진운룡도 그 사실을 너무나 잘 알고 있었다.

이미 백오십 년 전에 혼자서는 자신의 여인 하나 제대로 지킬 수 없음을 경험한 그였기에 결코 독불장군 행세를 할 생각은 없었다.

하지만 곽지량의 꿍꿍이가 무엇인지 알 수 없으니 그것을 굳이 내색하지는 않았다.

진운룡의 반응이 시큰둥하자 곽지량은 헛기침을 한 후 다시 이야기를 이었다.

"흠, 흠, 뭐 쓸데없는 이야기들은 각설하고, 우리 하오문에서는 본문을 위해 애써 주신 진 공자를 물심양면으로 도울 것이오. 문의 여력이 닿는 한 진 공자가 하는 일을 최대한 돕겠다는 말이오. 다만……."

곽지량이 슬쩍 진운룡의 눈치를 봤다.

"진 공자에게 아주 작은 부탁이 하나 있소이다."

곽지량의 입가에 은근한 미소가 걸렸다.

"우리 하오문의 제자 한 명을 데리고 다녀 주시구려!"

의외의 요구에 진운룡이 눈살을 찌푸렸다.

"구학이라는 아이인데 절대 무공을 가르쳐 달라든지,

쓸데없이 귀찮게 하지는 않을 것이오. 그저 옆에 데리고 다니면서 심부름이라도 시키든가 구워 먹든, 삶아 먹든, 마음대로 하시구려. 똘똘한 아이니 부려 먹기도 좋아 절대 걸리적거리지는 않을 것이오!"

곽지량이 입에 침을 튀겨 가며 진운룡을 설득하려 애썼다.

진운룡이 눈을 가늘게 뜨고 곽지량을 바라봤다.

그의 의도는 빤했다.

구학이라는 아이는 아마도 하오문에서 키우는 인재일 것이다.

진운룡과 함께 다니면서 구학이 한계를 깨고 성장하기를 바라는 것일 터였다.

진운룡에게 무언가를 직접 배우는 것이 아니더라도 상관이 없었다.

고수를 옆에서 지켜보는 것만으로도 무인들은 많은 것을 얻을 수 있다.

게다가 진운룡은 앞으로 강호에서 태풍의 눈이 될 가능성이 높은 인물.

그런 인물과 인맥을 만들어 놓는 것만으로도 구학은 물론 하오문에게는 큰 버팀목이 하나 생기는 것과 같았다.

곽지량이 노리는 것은 바로 그것일 터였다.

"구학 오라버니라면……."

소은설이 기억을 끄집어내려는 듯 미간을 찡그렸다.

"오! 그래. 은설아. 너도 어렸을 적에 몇 번 봤지?"

곽지량이 이때다 하며 소은설을 부추겼다.

진운룡이 소은설과 특별한 관계라는 이야기를 들었기 때문이다.

"아! 그 망나니 같은 인간!"

순간, 곽지량의 안색이 시커멓게 변했다.

"흥! 기억하다마다요! 겨우 열네 살짜리가 어찌나 여자들을 찝쩍거리던지! 나한테도 만날 때 마다 치근덕대서 얼마나 치를 떨었는지 아세요? 아휴! 지금도 생각만 하면 그냥 확!"

이가 갈린다는 듯 소은설이 주먹을 치켜들었다.

진운룡이 재미있다는 듯 그녀의 모습을 바라봤다.

그간 제검문이라든지 황보세가라든지 기를 피지 못하고 있던 그녀였지만, 본래는 이렇듯 당찬 성격의 소유자였다.

아버지 소진태를 찾아서인지 다시 씩씩함을 되찾은 것 같았다.

진운룡의 시선을 느낀 소은설이 얼른 주먹을 내렸다.

"엇! 호호호, 제가 좀 흥분한 것 같네요. 어쨌든 절대 그 인간은 허락하면 안 돼요! 알았죠?"

소은설이 아직 흥분이 가시지 않은 얼굴로 진운룡에게 말했다.

"흠, 흠. 그, 그때는 단지 어린 나이에 호기심으로 그랬던 것뿐이야. 아직 철이 없던 때가 아니냐? 이, 이젠 많이 달라졌단다."

곽지량이 식은땀을 흘리며 구학을 변호했다.

그때였다.

"하하하! 스승님, 찾으셨습니까? 기루까지 사람을 보내신 걸 보면 무척 중요한 일이신가 봅니다?"

호탕한 웃음소리와 함께 스무 살 초반의 사내 하나가 방으로 들어왔다.

곽지량의 인상이 구겨졌다.

"크흠! 왔느냐. 손님이 계시니 언행을 조심하거라."

곽지량이 눈을 치켜뜨며 사내에게 눈치를 줬다.

사내는 바로 곽지량의 제자인 구학이었던 것이다.

"오! 손님들이 계셨군요? 어라? 이게 누구야? 왕방울 아니야? 이야! 못 보던 사이에 많이 예뻐졌구나! 이리 와 보거라. 얼마나 자랐나 확인도 해 볼 겸 오라버니와 포옹 한 번 진하게 하자꾸나!"

구학이 분위기 파악도 못하고 소은설에게 느끼한 미소를 날렸다.

"끄응……."

곽지량이 머리를 부여잡고 신음을 흘렸다.

"아는 척 하지 마시지! 난 당신 같은 오라버니 둔 적 없거든!"

소은설이 두 눈에 쌍심지를 켜며 구학을 노려봤다.

"저런저런! 우리 이쁜 동생 이 오라비가 격하게 보고 싶었던 모양이구나? 쯧쯧, 말 안 해도 다 알아요. 그동안 내가 너무 무심했지? 앞으로 이 오라비가 너에게 따뜻한 영혼의 등불이 돼 줄게."

소은설은 당장에 온몸이 닭살로 겹겹이 뒤덮일 것만 같았다.

따악!

"아악! 스, 스승님!"

참다못한 곽지량이 구학의 뒤통수를 냅다 휘갈겼다.

"이런 개망나니 같은 놈! 분위기 파악 하나 못하냐? 어휴! 우리 하오문이 어찌 되려고 정말! 인재라고 하나 있는 놈이 이 모양 이 꼴이냐! 앙? 내 오늘 사제지간이고 나발이고 이참에 다 끊고 그냥 내 손으로 네 녀석을 확 죽여 버릴란다!"

얼굴이 벌게진 곽지량이 복날 개 패듯 구학을 두드려 팼다.

"사, 사부님 살려 주십시오! 크악! 소, 소중한 제자 죽습니다요!"

"이놈이! 누가 소중한 제자란 말이냐! 응? 이 사부는 어떻게든 네놈을 사람 좀 만들어 보겠다고 제남까지 와서 애쓰고 있는데, 뭐? 수련은 고사하고 기루?"

퍼억! 퍽!

"아이고! 나 죽네!"

한동안 구타와 비명 소리가 이어졌다.

"문주의 제안을 받아들이도록 하겠소."

그때였다.

갑작스런 진운룡의 이야기에 곽지량이 구타를 멈췄다.

"저, 정말이오? 진 공자!"

"내가 저 녀석을 어떻게 다루든 상관없겠소?"

진운룡이 씨익 웃으며 물었다.

"무, 물론! 상관없다마다요! 진 공자에게 이놈의 처분을 모두 맡길 테니 볶아 먹든 삶아 먹든 알아서 하시오!"

곽지량은 혹시라도 진운룡의 마음이 변할 새라 얼른

대답했다.

"뭐, 제법 재밌을 것 같구려."

구학을 바라보는 진운룡의 입가에는 어쩐지 조금은 사악해 보이는 미소가 걸려 있었다.

"무슨 말이에요! 절대 안 된다니까요!"

소은설이 펄쩍 뛰며 반대했다.

하지만 진운룡이 전음을 보내자 그녀의 표정이 변했다.

"쳇! 그럼 알아서 하세요."

그녀의 얼굴에는 아직 불만이 채 가시지 않은 모습이었으나, 무슨 이유 때문인지 더 이상 반대하지는 않았다.

"저…… 저를 맡기다니요?"

구학이 슬그머니 눈치를 보며 물었다.

아마도 곽지량이 아무런 언급을 하지 않았던 모양이었다.

그의 눈은 곽지량과 진운룡을 흘끔거리고 있었다.

"인사 드리거라! 오늘부터 네놈의 생사여탈권을 가지게 될 진 공자니라. 앞으로 네놈은 진 공자가 죽으라면 죽고, 살라면 살고, 무조건 그의 말에 따르도록 해라!"

"에이! 사부님 농담도 잘하십니다. 어찌 이런 기생오

라비 같은 도련님의 명에 따르라는 겁니까? 그래도 제가 명색이 하오문의 수제자 아닙니까?"

구학이 손사래를 치며 키득거렸다.

진운룡은 자신보다 나이도 어려 보였고, 몸도 여리여리한 것이 무공을 익힌 것 같지도 않았던 것이다.

이런 애송이에게 자신의 생사여탈권이 달려 있다니, 스승이 자신을 놀리고 있다 여긴 것이다.

퍽!

"아이고!"

즉시, 곽지량의 주먹이 날아왔다.

"그러니 평상시에 놀기만 하지 말고, 문의 일에도 좀 신경 좀 쓰고, 정보도 소홀히 하지 말란 말이다! 이 소협이 바로 옥기린 남궁 공자를 구한 장본인 진운룡 공자다!"

구학이 영문을 모르겠다는 듯 눈만 끔뻑거렸다.

사실 진운룡에 대해서는 아직 강호에 알려진 것이 별로 없었다.

동창 사건의 경우 대외적으로는 신웅의 이름만 알려진 상황이고, 남궁린의 구출에 대해서도 아직은 외부에 소문이 퍼져 나간 상태가 아니기 때문이었다.

하지만 이미 구파일방이나 명문세가들은 진운룡에 대

한 정보를 접한 상태였다.

하오문은 이번 일에 직접 참여한 것이나 마찬가지였다.

당연히 진운룡에 대해 다른 누구보다 잘 알고 있었다.

한데, 이 모자란 수제자 녀석은 남들만큼도 모르고 있으니, 곽지량 입장에서는 울화통이 터지지 않을 수 없는 것이다.

"아이고 두야!"

곽지량이 머리를 부여잡았다.

"하오문의 수제자라는 놈이 이렇듯 정보에 어두워서 야! 끄응……."

잠시 구학을 노려보던 곽지량이 길게 한숨을 내쉬었다.

"이게 다 너를 잘못 키운 내 잘못이지, 누굴 탓하겠느냐……."

반쯤 포기한 모습으로 자리에 앉은 곽지량이 힘없이 말했다.

"어쨌든 진 공자는 네놈이 상상할 수도 없을 만큼 대단한 사람이니, 앞으로 충실한 종이 되어 그를 따르면서 일거수일투족을 보고 배우도록 해라! 네놈에게는 정말 마지막 기회가 될 거다. 만일 이번에도 정신을 차리지 못한다면, 그땐, 정말 네놈과 인연을 끊고, 하오문에서도 내칠 것이니 그런 줄 알아라!"

"사, 사부님!"

곽지량의 으름장에 구학의 얼굴이 사색이 되었다.

어쩐지 이번 사부의 말은 그냥 위협으로 하는 말이 아닌 것처럼 느껴졌기 때문이다.

"진 공자. 이놈이 비록 하는 짓은 모자르고, 놀기를 좋아하지만, 심성은 결코 나쁜 녀석이 아니오. 진 공자라면 이놈을 잘 이끌어 주시리라 믿소. 아니, 아무래도 좋소. 그저 당분간 옆에 데리고만 있어 주시오. 혹여 이놈이 말썽을 부린다든지 마음에 들지 않으면 언제든지 내쫓아도 괜찮소! 그럼 나도 이 녀석을 없는 놈이라 치겠소! 내 대신 진 공자가 원하는 정보는 문의 모든 능력을 동원해서라도 꼭 찾아 주겠소이다!"

곽지량의 모진 말속에서는 은연중에 제자를 걱정하는 마음이 묻어났다.

진운룡은 그를 보며 이미 우화등선한 자신의 스승 천우를 떠올렸다.

고아이던 자신을 거두어 키우고 무공까지 가르쳐 준 진운룡에게는 아버지와 같은 존재가 바로 천우였다.

"알겠소. 문주의 제자는 내가 맡을 터이니, 천사교에 대해서 상세히 조사해 주시오."

"고맙소! 내 하오문주의 직책을 걸고 최선을 다해 천사교의 모든 것을 알아내도록 하겠소!"

곽지량이 진운룡의 손을 덥석 잡으며 감사했다.

사실 진운룡 입장에서는 오히려 도움을 받는 처지인 셈이라 과장된 곽지량의 행동이 조금은 어색했다.

하지만 어찌 보면 하오문 역시 진운룡이라는 존재는 놓칠 수 없는 패였다.

현재 하오문은 강호와 진운룡과의 유일한 연결고리나 마찬가지였고, 그로 인해 진운룡의 위상 상승은 곧 하오문의 위상 상승과도 연관이 되기 때문이었다.

그 가운데에는 소은설이 존재했다.

"그러고 보니 궁금한 게 하나 있는데, 대체 은설이와 진 공자는 무슨 관계요?"

곽지량이 문득 생각난 듯 물었다.

대체 무슨 이유로 진운룡 같은 인물이 소은설을 돕는다는 말인가.

누가 봐도 두 사람은 어울리지 않는 조합이었다.

절세 미남에다 십이천에 뒤지지 않는 무공을 가진 진운룡에 비하면 소은설은 그야말로 평범을 떠나 보잘것

없는 존재였다.

물론, 소은설이 제법 귀여운 외모를 가지고 있기는 하나, 빼어난 미녀라고 보기는 어려웠고, 그럴듯한 가문이나, 배경을 가지고 있는 것도 아니었다.

능력이라 봐야 도둑질을 제법 잘한다는 것이 다였다.

무엇이 진운룡으로 하여금 그녀를 돕도록 했는지 도무지 짐작이 가지 않았다.

소진태도 자세한 사연을 알고 있지 못했기에 역시 궁금하기는 마찬가지였다.

"뭐여, 두 사람 그렇고 그런 사이인겨?"

그새 본래의 모습을 회복한 구학이 씨익 웃으며 눈을 흘겼다.

곽지량과 소진태의 얼굴에도 의구심이 일었다.

피식!

진운룡의 입가에 장난기 어린 미소가 걸렸다.

"뗄래야 뗄 수 없는 사이라고만 해 두지요. 앞으로도 나와 연결되려면 이 아이를 통해서 해 주시오."

갑작스런 말에 소은설의 얼굴이 홍당무처럼 붉어졌다.

"무, 무슨 소리예요. 사람들이 오해한다구요!"

"뭘? 내가 거짓말이라도 했나?"

소은설은 반박할 말을 찾지 못했다.

사실 진운룡의 말이 틀린 것은 아니었다.

소은설의 피 때문에 진운룡은 그녀와 떨어질 수 없는 상황이니까.

물론, 곽지량이나 다른 사람들이 생각하는 관계와는 거리가 멀었지만, 그렇다고 사실대로 진운룡이 자신의 피를 마셔야 된다고 말할 수도 없었다.

진운룡과 소은설을 바라보는 모두의 눈빛이 더욱 묘해졌다.

"크흠, 좋을 때구만."

곽지량이 헛기침을 하며 고개를 끄덕였다.

하기야 두 사람이 연인 사이가 아니고선 소은설을 돕는 이유가 설명이 되지 않았다.

진운룡 같은 이가 소은설을 좋아한다는 사실이 조금 의외이긴 했으나, 세상을 살다 보면 한 쌍의 정인들 중 어느 한쪽이 기울어지는 경우도 제법 많았다.

"아니……."

뭐라 반박하려던 소은설이 답답한 듯 말을 멈추고 진운룡을 힐끔 쳐다봤다.

하지만 진운룡은 전혀 설명할 마음이 없는 듯했다.

곽지량이 묘한 눈으로 두 사람을 바라봤다.

평상시에는 무뚝뚝하고 냉정한 진운룡이 소은설을 상대할 때는 전혀 다른 모습을 보이고 있다는 것을 느꼈기 때문이다.

'흠, 앞으로 저 아이를 신경 써야겠어…….'

곽지량은 진운룡을 움직이려면 소은설을 구슬려야 한다고 생각했다.

"어허, 얌전한 고양이가 부뚜막에 먼저 오른다더니……. 우리 꼬맹이가 벌써 연애를 하네?"

그때, 구학이 혀를 차며 고개를 흔들었다.

"넌 닥치고 있어!"

여전히 분위기 파악을 못하는 제자에게 곽지량의 불호령이 떨어졌다.

찔끔하고 구석으로 도망치는 구학을 잠시 노려본 곽지량이 진운룡을 보며 입을 열었다.

"그럼 다시 한 번 저 못난 녀석을 부탁드리겠소. 천사교에 대한 정보는 일단 오 일 후에 먼저 보내 드리고, 계속해서 새로운 정보가 입수되는 대로 연락을 드리겠소."

곽지량과 간단한 인사를 나눈 진운룡 일행은 풀이 죽은 구학을 대리고 황보세가로 돌아왔다.

3장
특별한 외출

천미각 입구로 방갓을 깊숙이 눌러쓴 다섯 사내가 들어왔다.

"어서 오십시오!"

점원 하나가 재빨리 달려와 사내들을 맞이했다.

"삼층에 약속이 되어 있다."

방갓 안에서 마치 여인처럼 가늘고 고음의 목소리가 들려왔다.

잠시 멈칫했던 점원이 금세 미소를 머금고 다섯 사내를 안내했다.

"아, 삼층 예약 손님이시군요! 따라오시지요!"

천미각 삼층은 가운데의 개방된 공간을 중심으로 몇

개의 독립된 방들이 둘러싸고 있었다.

다섯 사내는 그 중 세 번째 방으로 안내되었다.

방 안에는 열 명이 앉을 수 있는 큰 원탁이 있었고, 세 명의 사내가 먼저 와 기다리고 있었다.

"그럼 필요하시면 언제든지 부르십시오!"

점원이 정중히 인사를 올린 후 물러나자 사내들은 천천히 방갓을 벗었다.

드러난 그들의 외모는 무척 독특했다.

얼굴이 마치 분칠이라도 한 듯 하얗으며, 입술은 여인처럼 붉었던 것이다.

"어서 오십시오! 당두 오세영이 특무창위께 인사드립니다."

미리 기다리고 있던 세 사내가 자리에서 일어나 정중히 포권을 했다.

그렇다. 그들이 바로 동창의 숨겨진 힘 특무창위들이었던 것이다.

총독을 제외한 다른 동창의 조직원들이 대부분 금위위에서 차출되는 것과 달리 특무창위들은 총독이 직접 환관들 중에 뽑아서 특별히 훈련시킨 자들이었다.

그들의 외모가 특이한 것은 이런 그들의 출신 배경 때문이었다.

"요란 떨 것 없소. 일단 적들에 대해 보고하시오."

이질감이 느껴지는 가느다란 목소리로 다섯 창위들 중 가장 나이가 많은 이가 말했다.

그는 특이하게도 벽안(碧眼)의 색목인(色目人)이었다.

다섯 특무창위를 이끌고 있는 이로 하륜이라는 자였다.

"예!"

오세영이 재빨리 품 안에서 두루마리를 꺼내 벽안의 창위에게 건네주었다.

찬찬히 두루마리의 내용을 확인하던 하륜의 눈에 이채가 일었다.

"진운룡? 이곳에 오기 전에는 듣지 못했던 이름이군?"

그가 오세영을 바라봤다.

"저희도 처음에는 신웅이라는 자가 원흉인 줄 알았으나, 그 후로 긴밀히 조사해 본 결과 천향루를 실질적으로 무너뜨린 자는 신웅이 아닌 그자였습니다."

"나이가 겨우 스물 안팎이라고?"

"그렇습니다. 정확한 나이는 모르겠으나, 외모는 기껏해야 스무 살 정도로밖에 보이지 않습니다. 하지만

놈의 무공 실력은 십이천과 견줄 정도로 막강하다는 소
문이 돌고 있습니다."

"십이천이라⋯⋯."

하륜의 입가에 비릿한 미소가 걸렸다.

"예전부터 십이천이라는 자들의 실력이 과연 어느 정
도일까 확인하고 싶었지. 놈이 진정 십이천과 비슷한
실력을 가지고 있다면 재밌는 사냥이 되겠군."

오세영은 순간 목줄기가 서늘해짐을 느꼈다.

"하지만 놈이 황보세가에 머물고 있는 터라 없애기가
쉽지 않은 상황입니다."

오세영이 두려움이 담긴 목소리로 말했다.

"이번 일에 특무창위가 다섯이나 동원된 이유가 무어
라 생각하나?"

하륜의 눈에서 날카로운 안광이 뿜어져 나왔다.

"어리석은 강호의 무뢰배들에게 감히 조정에 반기를
들면 어떻게 된다는 것을 확실히 보여 줄 필요가 있기
때문이야. 만일 놈을 돕는다면 황보세가가 아니라 다른
어디라 해도 모두 쓸어버릴 것이야! 게다가 놈이 계속
황보세가 안에서 꼼짝도 하지 않을 수는 없을 터. 언젠
가는 밖으로 나오겠지⋯⋯ 우린 그때를 노린다."

하륜에게서 뿜어져 나온 엄청난 기세에 오세영이 신

음을 흘렸다.

"이번 기회에 무인 나부랭이들에게 동창이 왜 공포 그 자체가 되었는지 확실히 보여 줄 것이다. 그리고 앞으로 이 독버섯 같은 자들이 함부로 경거망동하지 못하도록 똑똑히 경고할 것이다!"

하륜의 목소리에는 무인들과 강호 무림에 대한 경멸이 가득했다.

*   *   *

남궁린이 깨어났다는 소식을 들은 제갈무진은 곧장 그가 치료를 받고 있는 별채로 찾아갔다.

후기지수들 사이에서 남궁린은 그의 별호처럼 기린(麒麟)과 같은 존재였다.

누가 봐도 남궁린은 앞으로 정파의 핵심인물이 될 것이었고, 다음 세대에 천하제일인이 될 가장 유력한 인물이다.

그런 인물과 친분을 쌓는 것이야말로 세가 내에서나 강호에서 자신의 입지를 올리는 데 큰 도움이 된다.

그러니 제갈무진으로서는 이런 기회를 놓칠 수 없었다.

물론, 일전에도 두세 차례 정도 남궁린을 만난 적은 있었으나, 서로 많은 이야기를 나눌 기회는 없었기에 그다지 가까운 사이는 아니었다.

항상 남궁린의 주위에는 사람들이 모여 있었고, 제갈무진은 그 많은 이들 중 하나에 불과했기 때문이다.

'하지만 이럴 때 얼굴을 보이면 기억에 각인되기가 쉽지!'

사람들은 보통 자신이 힘들 때 위로해 주거나, 도움을 준 이들을 잊지 못하는 법이었다.

아직 다른 이들이 몰려들기 전인 지금이 자신이 남궁린의 마음에 각인될 절호의 기회였다.

씨익!

의미심장한 미소를 지으며 제갈무진이 별채로 들어섰다.

남궁린의 방 앞에는 네 명의 무사가 보초를 서고 있었다.

"수고들 하시오. 공자께 제갈세가의 둘째 제갈무진이 찾아왔다 전해 주시오."

제갈무진이 무사들에게 자신의 신분을 밝혔다.

어차피 무사들도 제갈무진이 세가에 머물고 있다는 사실을 알고 있었기에 그를 한 번에 알아봤다.

가볍게 고개를 숙인 무사가 안쪽에 기별을 넣었다.

"남궁 공자님. 제갈가의 둘째이신 제갈무진 공자께서 찾아오셨습니다."

"들어오시라 하십시오."

다행히도 곧장 대답이 들려오자 제갈무진의 얼굴에 희색이 돌았다.

남궁린이 아직 자신을 기억할지도 모른다는 기대감을 가지고 방으로 들어서던 제갈무진의 신형이 갑자기 멈췄다.

"엇!"

남궁린의 침상을 바라보는 그의 얼굴이 굳었다.

그 앞에는 다름 아닌 모용주란이 있었던 것이다.

그날 이후로 모용주란의 탐스러운 육체에 대한 생각이 머릿속을 떠나지 않아, 어떻게 다시 그녀를 취할까만 궁리하던 제갈무진이었다.

하지만 시간이 흐른 후 머리가 차갑게 식자 자신이 저지른 일이 얼마나 심각한 일인지 깨닫게 되었다.

혹시라도 모용주란이 같이 죽자는 식으로 모든 것을 밝히기라도 하면 자신의 인생은 끝이었다.

그래서 한동안 일부러 그녀를 피해 왔는데, 전혀 예상치 못한 곳에서 이렇게 만나게 되었으니 당황할 수밖에 없었던 것이다.

제갈무진의 머릿속에 오만 가지 생각이 왔다 갔다 했다.

"같은 곳에 있으면서도 꽤 오랜만에 뵙는군요?"

모용주란이 마치 아무 일도 없었다는 듯 제갈무진을 바라봤다.

"그, 그렇소."

제갈무진이 급히 당황한 얼굴을 감췄다.

"하하하, 이거 주란이에 제갈 공자까지, 이렇듯 못난 놈을 위해 찾아오시니, 부끄럽고 송구스럽구려."

제갈무진의 얼굴에 어색한 미소가 걸렸다.

그는 남궁린이 모용주란의 이름을 아무렇지도 않게 호칭한 것에 주목했다.

그것은 곧 남궁린과 모용주란이 꽤 친분이 있다는 이야기였다.

하기야 무림오화(武林五花) 중 하나인 모용주란이 남궁린과 친분이 있는 것은 어찌 보면 당연했다.

'그러고 보면 그 무림오화를 내가 꺾었지.'

아름답던 모용주란의 나신을 생각하자 제갈무진은 다시 음심이 피어오르는 것을 느꼈다.

"몸은 좀 어떠십니까?"

침을 꿀꺽 삼킨 후 간신히 마음을 가라앉힌 제갈무진이 남궁린의 안부를 물었다.

"이제 많이 회복되어서 움직이는 데 큰 지장이 없습니다. 그러지 않아도 내일 주란이와 영천 아우와 함께 대명호로 나들이를 갈까 생각합니다만, 제갈 공자께서도 함께하시지요?"

남궁린의 제안에 제갈무진이 모용주란을 힐끔 쳐다봤다.

그녀의 얼굴에서는 아무런 표정도 느낄 수 없었다.

'젠장, 대체 무슨 꿍꿍이지?'

오히려 모용주란의 반응이 없는 것이 더 불안했다.

'흥! 어차피 네년도 함부로 그 일을 다른 사람에게 알릴 수는 없을 터!'

조금 꺼림칙하기는 했지만 제갈무진으로서는 남궁린과 친분을 쌓을 좋은 기회를 놓치고 싶지 않았다.

"하하하, 그런 자리라면 당연히 빠질 수 없지요. 남궁공자의 회복을 축하하는 의미에서라도 꼭 참석하겠습니다."

짐짓 호탕한 웃음을 터뜨리며 제갈무진은 모용주란의 눈치를 살폈다.

혹여 자신이 함께하는 것을 막지 않을까 걱정되었던

것이다. 남궁린에게는 자신보다 그녀의 말이 더 먹힐 것이 분명했기 때문이다.

다행히도 그녀는 아무런 거부 반응도 보이지 않았다.

"잘됐군요. 그럼 내일 정오에 정문에서 만나는 것으로 합시다. 그건 그렇고 두 사람에게 물어볼 것이 있소."

갑작스런 남궁린의 이야기에 제갈무진은 바짝 긴장했다.

'서, 설마……'

남궁린이 혹여 모용주란과 자신 사이에서 이상한 낌새라도 느낀 것은 아닐까 불안했기 때문이다.

자신이 몇 차례 어색한 모습을 보였던 것을 알아차렸을 수도 있다 여긴 것이다.

이렇게 되니, 처음부터 침착하게 행동하지 못한 것이 후회가 되었다.

제갈무진은 어떤 변명을 늘어놓을 것인지 필사적으로 궁리했다.

"진 공자는 어떤 사람이오?"

하지만 다행히도 남궁린이 물은 것은 진운룡에 대한 것이었다.

제갈무진은 속으로 안도의 한숨을 내쉬었다.

하지만 진운룡이라는 이름을 떠올리자 그의 머릿속은
다시 복잡해졌다.

'놈!'

분노, 증오, 질투, 굴욕.

진운룡에게는 좋은 감정이라곤 그야말로 손톱만큼도
없었다.

"흥! 그자는 하늘 높은 줄 모르는 건방진 잡니다."

자기도 모르게 진운룡에 대한 감정이 그대로 튀어나
왔다.

아차, 싶었던 순간이었다.

"그는 무척 오만하고 다른 사람을 우습게 아는 자예
요!"

모용주란의 날선 목소리가 들려왔다.

뜻밖의 반응에 제갈무진이 놀란 눈으로 모용주란을
바라봤다.

그녀가 진운룡을 비난하리라고는 생각도 못했기 때문
이다.

그날 밤 진운룡에게 자신의 몸을 바치려고까지 했던
그녀가 아닌가?

한데 어째서 마치 원수를 대하듯 힐난한단 말인가.

한편, 남궁린 또한 의외라는 얼굴로 두 사람을 바라

봤다.

"그가 두 사람과 무슨 안 좋은 일이라도 있었소?"

두 사람의 격렬한 반응에 남궁린은 진운룡이라는 인물이 더욱 궁금해졌다.

"무슨 일이 있어서가 아니에요. 그는 다른 사람을 배려할 줄 모르는 자예요."

"맞습니다! 성격이 괴팍하고, 혼자 독불장군인 자요!"

마치 입이라도 맞춘 것처럼 두 사람이 한 목소리로 진운룡을 욕했다.

남궁린이 잠시 두 사람의 표정을 살폈다.

그들의 표정에는 이유를 알 수 없는 적대감이 어려 있었다.

그러면서도 두 사람은 확실히 진운룡이 무엇을 잘못했다고는 말하지 못하고 있었다.

이유 없는 증오와 적대감.

그것은 딱 한 가지 경우였다.

'능력이 뛰어난 이들은 항상 시기와 질시를 안고 사는 법이지.'

남궁린 자신도 어느 정도 겪어 봤던 일이기에 두 사람의 모습이 무엇을 의미하는 지 잘 알고 있었다.

갑자기 재밌는 생각이 난 듯 남궁린의 입꼬리가 위로 말려 올라갔다.

"어쨌든 내 목숨을 구해 주신 은인이니, 너무 비난하는 것은 보기 좋지 않구려."

모용주란과 제갈무진은 그제야 자신들이 너무 감정에 치우쳤음을 깨달았다.

"아무래도 두 사람과 진 공자 사이에 앙금이 있는 것 같은데, 이러면 어떻겠소? 내일 외출에 진 공자도 초대해서 그동안 쌓인 감정을 해소하는 자리를 만들어 봅시다. 두 사람이나, 진 공자나 나에게는 모두 소중한 분들인데, 서로 불편한 관계가 되어서야 이 사람이 무척 곤란하지 않겠소? 아! 아예 배 한 척을 빌려 조촐한 연회를 여는 것도 괜찮겠구려."

남궁린이 부드럽게 웃으며 두 사람에게 말했다.

'끄응…….'

제갈무진은 속으로 침음성을 흘렸다.

진운룡의 그 오만한 상판을 다시 봐야 한다고 생각하니 당장에라도 욕지기가 튀어나올 것만 같았다.

하지만 그렇다고 남궁린의 뜻을 거역할 수도 없었다.

"……남궁 공자께서 이렇듯 마음을 써 주시는데 어찌 따르지 않을 수 있겠습니까?"

속마음과 다르게 만면에 미소를 띤 제갈무진은 울며 겨자 먹기로 진운룡의 합류를 찬성했다.

모용주란도 마찬가지였다.

모임의 주최자가 남궁린이었기에 그녀 역시 대놓고 진운룡의 참여를 반대할 수 없었다.

"하하하, 역시 아량들이 넓으시구려. 그럼 오늘은 이만 쉬고 내일 즐거운 시간을 보내도록 합시다!"

대명호 나들이에 대해 몇 가지 사항을 더 확인한 후 제갈무진과 모용주란은 자신들의 숙소로 돌아갔다.

*　　　　　*　　　　　*

숙소로 돌아온 진운룡 일행을 맞이한 것은 황보영천이었다.

"진 공자! 마침 오셨군요! 잘됐습니다."

적산과 무언가 이야기를 주고받던 황보영천이 진운룡을 발견하고는 기쁜 얼굴로 다가왔다.

"무슨 일이라도 있나요?"

소은설이 의아한 얼굴로 물었다.

"남궁린 공자가 의식을 회복한 것은 알고 계시지요?"

"네."

"남궁 공자가 자신을 구해 준 진 공자께 보답을 하는 의미로 내일 대명호에서 조촐한 연회를 주최하기로 했습니다. 그러니 진 공자와 소 소저께서 꼭 참석하셔서 자리를 빛내 주십사 부탁드리려 이렇게 찾아왔습니다."

"오! 연회라! 진 공자님! 아무래도 제가 복이 있는 모양입니다. 이렇게 저를 데려오자마자 좋은 일이 생기지 않습니까? 하하하!"

그때, 곽지량의 부탁으로 데려온 구학이 마치 자기 일인 양 나섰다.

그 대단한 남궁린과 연회라니, 하오문 출신인 그로서는 꿈만 같은 자리였다.

'역시 사부님께서 나를 진 공자에게 보낸 이유가 있었구나!'

구학이 속으로 쾌재를 불렀다.

그야말로 떡 줄 사람은 생각도 안 하는데, 김칫국부터 마시는 셈이었다.

하지만 진운룡의 표정은 시큰둥했다.

어찌 보면 까마득하게 어린 애송이들과 어울리는 것이 그다지 즐거울 리가 없었기 때문이다.

게다가 아직 혈기 왕성한 젊은 나이의 무인들에게 진

운룡은 질시의 대상이고, 넘어서야 할 벽이었다.

당연히 여러모로 귀찮게 할 것이 분명했다.

진운룡이 못마땅한 얼굴을 하자 황보영천이 재빨리 말을 이었다.

"사실 남궁 공자는 저와는 친한 형님 되십니다. 애초에는 형님이 직접 진 공자를 찾아오시려 했습니다만, 아무래도 제가 진 공자와 안면이 있고 하니 일단 이야기하기가 편할 것 같아 주제넘게 나섰습니다. 그러니 괜한 오해는 마십시오."

그는 진운룡이 남궁린이 직접 오지 않아 불쾌하게 여긴다고 짐작한 것이다.

"그런 오해는 없으니 걱정 마시오. 그리고 남궁 공자에게 그다지 은혜랄 것도 없으니 괘념치 말라 전하시오."

진운룡은 단칼에 거부 의사를 밝혔다.

"혹시 연회라는 게 불편하시다면 걱정하실 필요 없습니다. 말이 연회지 그저 몇 사람이 작은 배 한 척 빌려서 뱃놀이 하는 편안한 자리입니다."

그래도 진운룡의 표정은 변함이 없었다.

"흠흠, 진 공자께서 참석하지 않으시면 남궁 형님이 상심이 크실 겁니다. 진 공자와의 만남에 기대를 많이 하고 계시거든요. 진 공자를 반드시 데려오겠다고 큰소리 친 제 입장도 무척 곤란해지니, 부탁 좀 드리겠습니다."

황보영천이 애원을 하다시피 했으나, 진운룡은 마음을 돌리지 않았다.

"쯧쯧! 무슨 사람이 그래요? 그래도 은인이랍시고 일부러 자리까지 만들어서 초대하는데, 사람 성의가 있지. 못 이기는 척하고 한 번 만나 주면 안 돼요? 그러니 만날 사람들이 오만하네, 이기적이네, 혼자만 잘났네, 하면서 욕하죠."

그때, 소은설이 혀를 차며 진운룡을 나무랐다.

진운룡의 미간에 주름이 일었다.

"가기 싫은 것을 억지로 갈 이유가 있나?"

"세상 누가 자기가 하고 싶은 일만 하고 살아요? 귀찮고 하기 싫어도 서로를 조금씩 배려하면서 살아야 세상이 더 살기 좋아진다구요!"

피식!

자신이 살아온 인생의 오분지 일도 채 못 산 소은설이 설교를 늘어놓자 진운룡의 얼굴에 재밌다는 듯 미소가 걸렸다.

황보영천이 놀란 눈으로 그런 진운룡을 바라봤다.

진운룡이 그토록 순수하고 편안한 미소를 보이는 것은 처음이었기 때문이다.

"은설이 말이 맞습니다! 성의를 무시하면 절대 안 되지요! 그럼요!"

구학이 얼씨구나 하고 소은설을 거들고 나섰다.

잠시 생각에 잠겨 있던 진운룡이 소은설에게 고개를 끄덕였다.

"지독하게 오만하고 배려심 없는 내가 한 번 쯤은 사람답게 행동해 보는 것도 좋겠지. 후후."

무언가 배배 꼬인 진운룡의 말에 소은설이 찔끔한 얼굴로 말을 더듬었다.

"아, 아니, 꼭 그렇다는 것은 아니고……."

"하하하! 잘 생각하셨습니다! 연회 같은 거는 절대 빠지면 안 됩니다!"

분위기 파악 못하는 구학은 혼자 신이 나서 펄쩍 뛰었다.

"감사합니다, 진 공자. 남궁 형님께서도 무척 기뻐하실 겁니다. 하하하. 그럼 내일 제가 모시러 오겠습니다."

진운룡에게 몇 번이고 감사 인사를 한 황보영천이 짐을 던 듯한 얼굴로 숙소를 떠나갔다.

"주군, 한데…… 이자는 누굽니까?

황보영천이 떠나고 나자 적산이 구학을 가리키며 물었다.

처음 보는 자인데 사사건건 나서는 모양새가 눈에 거슬렸던 것이다.

"하하하! 안녕하시오! 나는 하오문의…….”

진운룡이 막 자신의 소개를 하려는 구학의 말을 끊었다.

"몸종이다. 앞으로 네가 관리하거라.”

구학의 얼굴에 어색한 미소가 걸렸다.

"모, 몸종이라니요? 지, 진 공자님 농담도 심하십니다.”

"네 사부가 널 맡길 때, 분명 마음껏 부려 먹으라고 했던 것 같은데? 게다가 너의 생사여탈권까지 나에게 맡기지 않았더냐?”

진운룡이 무표정한 얼굴로 구학을 보며 말했다.

"그, 그것은 스승님이 조금 과장해서…….”

"싫으면 그냥 돌아가거라. 막을 생각 없으니까.”

구학의 얼굴이 확 구겨졌다.

진운룡에게 도망치거나 내쳐지게 되면 인연을 끊어야 함은 물론, 하오문에서 제명시키겠다는 사부의 말이 떠올랐던 것이다.

과연 사부인 곽지량이 그동안 정을 모두 끊고 자신을 버릴 것인가 잠시 의심해 봤으나, 이번 분위기는 분명 심상치 않았다.

게다가 그동안 저지른 일들을 생각하면 곽지량도 참을 만큼 참은 것만은 사실이었다.

'끄응……'

구학은 고민에 빠졌다.

이대로 진운룡의 종이 될 것인가, 아니면 파문(破門)의 위험을 무릅쓰고 하오문으로 돌아갈 것인가.

'그래! 어차피 스승님의 분노는 그리 오래가지 않을 거야! 일단 그때까지 스승님의 말을 따르는 척 하다가 화가 풀리면 얼른 돌아가면 돼!'

구학의 얼굴에 금세 미소가 돌았다.

"하하하! 당연히 스승님의 말씀을 따라야지요! 이 구학! 앞으로 진 공자의 수족이 되어 성심성의껏 모시겠습니다."

마치 점소이가 손님을 받는 것처럼 요란하게 구학이 허리를 직각으로 굽히며 말했다.

"누가 나를 모시라고 했나?"

갑작스런 이야기에 구학이 엉거주춤한 자세로 진운룡

을 흘끔 바라봤다.

"그, 그럼 누구?"

진운룡이 턱으로 적산을 가리켰다.

"앞으로 너는 저 녀석의 손발이 되어 움직이거라."

구학이 잠시 멍한 얼굴로 진운룡과 적산을 번갈아 바라봤다.

씨익!

그때 적산의 입가에 비릿한 미소가 걸렸다.

"후후! 그거 참 듣던 중 반가운 말이오, 주군!"

그러지 않아도 구학이 못마땅했던 적산이었다.

"들었겠지? 네놈은 앞으로 내 종이다."

"아, 아니 이 무슨……."

구학이 당혹스러운 얼굴로 말을 잇지 못했다.

진운룡도 아니고 그의 수하로 보이는 자의 종이라니, 이게 무슨 말도 안 되는 이야기란 말인가.

게다가 산발한 머리에 날카로운 눈매하며 얼핏 봐도 적산은 괴팍함이 풀풀 넘치는 인상을 가지고 있었다.

이대로라면 구학의 앞날은 생각하기도 싫을 정도로 암담했다.

순간, 그의 눈에 소은설의 모습이 잡혔다.

'맞아! 은설이라면 진 공자의 마음을 돌릴 수 있을

거야!'

구학의 눈동자가 빛났다.

진운룡이 대명호 연회에 참가하기로 마음을 돌린 것도 소은설 때문이 아니던가.

"으, 은설아! 네가 좀 잘 이야기 좀 해 줘 봐!"

구학은 최대한 불쌍한 표정을 짓고는 소은설에게 애원했다.

바로 그때였다.

퍼억!

"종놈 주제에 말이 좀 짧구나?"

어느새 다가온 적산이 구학을 냅다 걷어찼다.

"아이고!"

구학은 비명을 지르며 나동그라졌다.

명색이 하오문 문주의 수제자인 구학이었지만, 수련을 게을리 하고 놀기 바쁘던 그의 실력으로 적산의 무지막지한 공격을 막아 낼 리가 없었다.

"네놈이 아직 상황파악이 안 되는 모양이구나? 하지만 걱정할 것 없다. 몸이 먼저 느끼면 정신은 따라오는 법! 후후후."

적산이 음산한 미소를 머금은 채 구학에게 다가갔다.

"왜, 왜 이러시오!"

퍼억!

대답 대신 적산의 주먹이 날아왔다.

"컥!"

동시에 적산의 무자비한 구타가 시작되었다.

"꾸에엑! 사, 사람 살려! 진 공자 충실한 종이 될 테니 제발 말려 주십시오!"

하지만 진운룡은 원망스럽게도 아무런 반응도 보이지 않았다.

퍼퍽! 퍽!

적산이 인정사정없이 구학을 두들겨 패는 모습을 소은설은 고소하다는 듯 바라봤다.

구학이 오뉴월 더위 먹은 개 마냥 축 늘어지고 나서야 길었던 적산의 구타가 멈췄다.

"나는 적산이라 한다. 오늘부터 네가 모실 주인님이시지! 알겠느냐?"

구학이 아픔도 잊고 벌떡 일어났다.

"추, 충심을 다해 받들어 모시겠습니다!"

"그래, 이제야 좀 쓸 만해 보이는구나. 후후후."

적산의 비릿한 미소를 보며 구학은 자신의 앞날이 결코 평온치 않을 것임을 예감했다.

     *   *   *

　다음 날.

　황보영천의 안내로 진운룡과 소은설 적산, 그리고 시
종으로 따라나선 구학까지 네 명은 남궁린 일행과 합류
했다.

　구학은 어제의 일은 벌써 잊었는지 얼굴에 희색이 만
발했다.

　소은설 역시 조금은 들뜬 표정이었다.

　반면 진운룡은 따라나서기는 했지만 내키지 않는 표
정이 역력했다.

　정문에 도착하니 남궁린이 이미 기다리고 있었다.

　그 옆에는 제갈무진, 모용주란, 그리고 황보영호, 황
보영관, 황보인화 남매들이 함께하고 있었다.

　"형님! 이분이 바로 진운룡 공자십니다."

　황보영천이 진운룡을 소개하자 남궁린이 조금은 놀란
얼굴로 다가왔다.

　진운룡의 외모가 생각했던 것보다 더 어려 보였기 때
문이다.

　'기껏해야 스물 안팎으로밖에 보이지 않는군.'

　이런 어린 나이에 십이천에 근접한 무위를 지니고 있

다니 충격이 아닐 수 없었다.

"반갑소이다, 진 공자. 정말 뵙고 싶었소! 공자가 아니었다면 나는 절대 이곳에 이렇듯 멀쩡하게 서 있을 수 없었을 것이오. 이 남궁린은 앞으로 그대를 평생 은인으로 모실 것이오!"

남궁린이 놀라움을 감추고 기쁜 얼굴로 진운룡을 맞이했다.

"보답을 받으려고 한 일이 아니니 마음에 두지 마시오."

진운룡이 담백하게 말했다.

제법 겸손한 언사였으나, 무표정한 그의 얼굴은 언뜻 그깟 일은 신경도 쓰지 않는다는 듯한 느낌도 들었다.

"하하하! 이거 소문과는 달리 출중한 외모만큼이나 겸손하고 담백한 분이구려."

남궁린이 호탕하게 웃으며 진운룡을 치켜세웠다.

"하지만 이 남궁린도 결코 은혜를 모르는 소인배가 될 수는 없으니 진 공자께 반드시 은혜를 갚도록 하겠소. 하니 필요한 일이 있을 때 괘념치 마시고 꼭 불러 주시오."

"그리 말한다면 사양하지 않겠소."

진운룡이 고개를 끄덕였다.

거부하면 계속 귀찮게 할 것 같았고, 굳이 도와준다는데 마다할 이유도 없었기 때문이다.

남궁린은 미소를 머금은 채 찬찬히 진운룡을 살폈다.

'도대체 경지를 가늠할 수가 없군……'

기껏해야 일류 수준의 공력만 느껴졌다.

그것도 많이 봐 줄 때의 이야기다.

하지만 실제로 진운룡의 공력이 그 정도밖에 안 될 리는 만무했다.

아마도 자연스럽게 갈무리하는 경지에 이른 것이리라.

두 사람의 격차가 크지 않은 이상 상대가 갈무리한 공력을 일아차리기는 힘들었다.

'최소한 나와 비슷하거나 그 이상이라는 이야기인가?'

남궁린의 눈에 호승심이 일었다.

과연 진운룡이 얼마나 강한지 확인해 보고 싶었다.

하지만 그것은 곧 사라졌다.

"오! 이토록 아름답다니! 소저께서는 인간이 아닌 것이 분명하오!"

그때, 모용주란을 발견한 구학이 눈이 휘둥그레져서 탄성을 터뜨렸다.

갑작스런 구학의 등장에 모용주란이 눈살을 찌푸렸다.

가뜩이나 제갈무진, 진운룡과 함께 해야 하는 시간이 그녀에게는 지옥과도 같았는데, 구학의 저급하고 유치한 언사가 마음에 들 리 없었다.

따악!

"어딜 나서는 게냐?"

그때, 적산의 주먹이 구학의 머리에 작렬했다.

"아이구!"

머리를 감싸 쥔 적산이 얼른 뒤로 물러섰다.

"아니, 예쁜 여자를 보고 예쁘다고도 못합니까?"

따악!

말이 채 끝나기도 전에 적산의 주먹이 다시 한 번 구학의 머리를 때렸다.

"아, 알겠습니다! 조, 조용히 있겠습니다."

구학이 얼른 입을 닫았다.

"참으로 무례한 자들이로군!"

제갈무진이 혀를 차며 말했다.

그제야 남궁린의 시선이 진운룡과 함께 온 일행들에게 향했다.

소은설을 지나친 시선이 적산을 보고는 잠시 이채를

떴다.

적산의 공력이 일 갑자를 훌쩍 넘어갔기 때문이다.

즉, 그가 절정을 넘어선 고수라는 뜻이었다.

그 정도면 강호십룡에 들어가도 될 실력이었다.

"한데 함께 오신 분들은?"

남궁린이 조심스럽게 물었다.

"아, 형님. 이쪽은 적산 소협입니다. 진 공자의 수하 분이지요. 그리고 이쪽은 하오문의 소은설 소저입니다. 사실 형님을 구출하게 된 것도 소 소저의 아버지를 찾다가 우연치 않게 발견하게 된 것입니다."

남궁린의 눈동자가 빛났다.

'이자가 제남까지 온 이유가 저 여인의 아버지를 구하기 위해서라고?'

그는 소은설을 자세히 살폈다.

커다란 눈이 인상적이기는 했으나, 강호에서 이름난 미인들을 수도 없이 접한 남궁린에게는 비교적 평범하게 느껴지는 외모였다.

게다가 출신 배경도 보잘 것 없는 하오문이다.

한데도 진운룡 같은 고수가 평범해 보이는 그녀를 위해 움직인 이유가 궁금했다.

가능성은 세 가지였다.

두 사람이 서로 마음을 주고 있는 사이이거나, 아니면 특별한 인연이 있어 진운룡이 그녀를 도와주고 있거나.

　'그도 아니면 그녀에게 특별한 무엇이 있다는 이야기겠지.'

　진운룡이 필요한 무엇을 가지고 있거나, 아니면 특출난 재능을 가지고 있을 경우를 말했다.

　어쨌거나 소은설은 진운룡이라는 괴물과 연관되는 순간부터 결코 평범할 수가 없는 여인이었다.

　"이거 이제 보니 소 소저야말로 저의 은인이군요. 결국 저는 진 공자가 정인(情人)의 아버지를 구하는 데 덤으로 딸려 나온 셈입니다. 하하하!"

　남궁린은 농을 하며 슬쩍 소은설과 진운룡의 관계를 떠봤다.

　"오, 오해세요. 절대 우리는 그런 관계가 아니에요."

　소은설이 당황한 얼굴로 말했다.

　남궁린의 눈빛이 더욱 깊어졌다.

　일단 첫 번째 경우는 아니라는 이야기였다.

　"아, 이런 제가 실례를 범했군요. 진 공자 같은 분을 움직이려면 보통 관계로는 어려울 듯해서 지레 짐작하고 말았습니다. 하하."

멋쩍은 웃음을 지으며 남궁린이 진운룡과 소은설의 눈치를 살폈다.

소은설의 얼굴에는 홍조가 돌고 있는 반면, 진운룡의 표정은 아무런 변화가 없었다.

'도무지 알 수가 없군.'

소은설의 반응은 또래의 소녀들과 다를 바가 없었다.

진운룡이 관심을 둘 만한 특별한 무엇인가를 찾아보려 했으나, 그가 만난 여인들에 비하면 너무 평범했다.

반면 진운룡은 그 속을 전혀 알 수가 없었다.

'마치 오랜 시간 도를 닦은 도사 같은 자로군.'

"안녕하십니까? 남궁 공자! 저는 적산 소협의 시종 하오문의 수제자 구학이라 합니다!"

그때, 뒤쪽에 물러서 있던 구학이 그새를 참지 못하고 촐싹거리며 나섰다.

"이놈 봐라?"

적산이 눈을 부라리자 찔끔한 구학이 얼른 다시 뒤로 물러섰다.

"하오문?"

남궁린이 의아한 표정을 지었다.

그러고 보니 소은설도 하오문이라 했다.

"진 공자께서는 하오문과 인연이 있으신 모양입니다."

진운룡은 남궁린이 자신을 떠 보려 함을 이미 알아차리고 있었다.

물론, 굳이 그의 궁금증을 풀어 주고 싶은 마음은 없었으나, 귀찮음을 피하기 위해 잠시 장단에 맞춰 주기로 했다.

"그런 편이라고 할 수 있소."

사실 인연이 있는 것은 소은설이었고 하오문은 그녀 때문에 덤으로 얽힌 것에 불과했지만, 관심이 소은설에게 집중되는 것은 그녀에게나 자신에게나 번거로운 일이었다.

게다가 진운룡 같은 특출 난 이들은 항상 적이 많기 마련이었다.

자칫하면 그녀가 적들의 목표가 될 수도 있었기에 되도록 관심을 돌릴 필요가 있었던 것이다.

"이거 진 공자 같은 분과 인연이 있다면 앞으로는 감히 하오문을 무시할 이들이 없겠군요."

강호에서 개방과 함께 정보를 다루는 양대 산맥인 하오문이었다.

사실 출신에 있어서는 하오문이나 개방이나 거기서

거기였다.

도둑, 기녀들이나 거지나 밑바닥 인생인 것은 마찬가지였다.

하지만 개방은 구파일방에 들어갈 정도로 강대한 방파인 반면 하오문은 그 영향력에 비해 모두에게 멸시와 조롱의 대상이었다.

그 이유는 빤했다.

바로 힘의 차이였다.

개방은 수많은 고수들과 그들을 키워 낼 수 있는 상승무공을 보유하고 있는 반면, 하오문은 기껏해야 도둑질에 사용되는 은신과 신법, 기녀들의 색공 정도가 내세울 수 있는 전부였던 것이다.

그러나 진운룡과 같은 고수가 하오문을 받쳐 준다면 이야기가 달라진다.

하오문도 개방 못지않은 세력으로 성장할 수 있는 것이다.

"하하하, 어쨌든 진 공자와 소 소저께 다시 한 번 감사드리오. 오늘 자리가 비록 누추하지만, 두 분께서 부디 편안하게 즐기셨으면 좋겠소."

남궁린이 분위기를 환기시키며 다시 진운룡에게 감사를 전했다.

한편, 그 모습을 못마땅하게 지켜보는 이들도 있었다.

바로 제갈무진과 모용주란이었다.

그들로서는 진운룡의 우방이 하나둘씩 자꾸 늘어나는 것이 좋을 리가 없었다.

하지만 그러거나 말거나 남궁린은 진운룡에 대한 관심과 호의를 거두지 않았다.

"자 그럼 오늘의 주인공도 왔으니 대명호로 갑시다!"

남궁린을 필두로 일행은 대명호로 향했다.

4장
습격

일행이 빌린 배는 돛이 하나 달린 그리 크지 않은 배였다.

열한 명의 일행이 들어서니 꽉 찬 듯한 느낌이 들 정도였다.

선원도 선장 한 명과 주방장 하나가 다였다.

물론, 그래도 주변에서는 제법 큰 편에 속했다.

선실에서는 주방장이 요리를 만들고 있었고, 선장은 노와 돛을 적절히 움직여 배를 몰았다.

갑판 위쪽으로는 천막이 쳐져 햇빛을 피할 수 있도록 되어 있었다.

"역시 대명호의 풍광은 수려하기 그지없습니다!"

남궁린이 탄성을 토해 냈다.

대명호는 칠십여 개가 넘는 연못들이 합쳐서 만들어 진 거대한 호수였다.

예로부터 대명호에는 뱀이 보이지 않고, 개구리가 울지 않고, 비가와도 물이 넘치지 않으며, 가뭄이 들어도 물이 마르지 않는다 했다.

게다가 버드나무가 무성하고 호수가에는 연꽃이 만발해 수려한 풍광을 자랑하고 있었다.

"하하하, 자주 오는 저희도 올 때마다 감탄하고는 합니다."

황보영천의 말에 남궁린이 고개를 끄덕였다.

"와! 바람이 무척 시원해요!"

호수로 나오니 소은설도 마음이 들떴는지, 탄성을 토해 냈다.

"제녕의 호수와는 또 다르네요."

제녕에도 수많은 호수들이 있었으나, 도시 한가운데 있는 대명호는 그들과는 또 다른 느낌이었다.

거대하면서도 숲을 끼고 숨어 도는 여러 갈래 물줄기들이 모두 색다른 아름다움을 지니고 있었다.

진운룡도 오랜만에 편안히 정취를 감상할 수 있었다.

"소 소저가 마음에 드신다니 이 자리를 마련한 남궁

모로서는 기쁘기 그지없소이다."

"이렇게 초대해 주셨으니, 오히려 제가 감사하죠."

"호호, 남궁 오라버니는 소 소저만 보이고 저는 보이지 않는 모양이에요? 온통 관심이 소 소저에게 쏠리신 것 같군요. 혹여 첫눈에 반하기라도 하신 거예요? 어머, 이를 어쩌나 그리 되면 진 공자랑 연적이 되실 텐데."

모용주란이 교소를 흘리며 말했다.

어찌 보면 가볍게 던진 농으로 들렸으나, 그녀의 말속에는 은연중에 남궁린과 진운룡을 이간질 시키려는 의도가 들어 있었다.

"하하하, 감히 어느 사내가 강호 제일 미녀 중 하나인 주란이 너를 모른 체하겠느냐?"

"그럼 진 공자께서는 사내가 아닌 모양이에요? 저에게 눈길 한 번 주지 않으시니 말이에요. 물론, 워낙 잘나신 분이니 저 같은 게 눈에 보이지 않을 수도 있겠지요."

모용주란이 비릿한 미소를 지으며 진운룡을 바라봤다.

그녀의 말속에는 누가 보더라도 진운룡에 대한 적대감이 잔뜩 묻어 있었다.

남궁린은 일전에도 모용주란과 제갈무진이 진운룡에 대해 좋지 않은 감정을 보였던 것을 기억해 냈다.

"으응? 진 공자가? 하하하, 진 공자 참으로 대단하시오. 주란이의 미모에도 아무런 동요가 없을 정도로 평정심을 가지신 것을 보면 아마도 이 남궁린 보다 공자께서 수련이 깊으신 모양이오."

남궁린이 호쾌하게 웃으며 모용주란의 도발을 무마했다.

한편으로는 평소 그녀답지 않은 모용주란의 행동에 조금은 놀라고 있었다.

'단지 진 공자의 능력에 대한 질시라고 하기에는 조금 지나친데?'

다른 사람이 보는 앞에서 적대심을 드러낼 정도라면 무언가 사정이 더 있을 것 같다는 생각이 들었다.

"응?"

그때였다.

진운룡의 표정이 갑자기 차가워졌다.

모용주란이 자신 때문일 줄 알고 움찔했다.

하지만 그의 눈은 멀리서 다가오고 있는 세 척의 배에 고정되어 있었다.

남궁린도 무언가를 느낀 듯 진운룡의 시선이 향한 곳

을 바라봤다.

"살기?"

세 척의 배로부터 살기가 뿜어져 나오고 있었다.

물론, 그 대상은 바로 일행이 타고 있는 이 배였다.

"무슨 일입니까?"

황보영천이 놀란 얼굴로 물었다.

"누군지 모르겠으나, 우리를 노리고 있군."

남궁린이 굳은 얼굴로 말했다.

세 척의 배는 주변의 다른 배들을 내버려 둔 채 남궁
린들이 타고 있는 배를 향해 똑바로 다가오고 있었다.

순간, 배 안에 긴장이 일었다.

"무엇 때문에 우리를 노린다는 말입니까?"

"글쎄, 나를 납치했던 무리들이거나, 여기 있는 누군
가에게 용건이 있는 자들이겠지."

"수염이 없는 사내들이라?"

그때, 진운룡이 혼잣말로 중얼거렸다.

"저들이 보이시오?"

남궁린이 놀란 눈으로 물었다.

얼핏 잡아도 백 장은 넘는 거리인데, 사람의 얼굴을
확인할 수 있다니 놀랄 수밖에 없었다.

"모두 오십 명 정도고 다섯은 수염이 없는 창백한 피

부의 사내들이군."

"어라? 환관도 아니고 수염이 나지 않은 하얀 얼굴의 사내라니……."

구석에 있던 구학이 머리를 갸우뚱거리며 말했다.

"환관?"

진운룡이 두 눈을 가늘게 떴다.

뭔가 생각날 듯하면서도 생각이 나지 않았다.

"가만! 그러고 보니 동창의 총독이 환관 출신 아닌가요?"

그때, 소은설이 무언가 떠오른 듯 급히 말했다.

"동창!"

동창이라는 말에 적산의 눈에서 서늘한 안광이 쏟아져 나왔다.

"하지만, 동창의 인물들은 총독 외에는 모두 금의위 출신 무사들 아닙니까?"

황보영천이 의아한 표정을 지었다.

"일전에 동창에서 비밀리에 운영하는 환관들로 이루어진 조직이 있다는 정보를 아버지께 들은 적이 있어요."

소은설의 말에 일행의 표정이 굳었다.

"설마! 그렇다면 천미각의 일로?"

황보영천의 얼굴에 분노가 일었다.

동창과 역일 일이라면 천미각의 납치사건뿐이었다.

진운룡과 신응이 그들의 비행을 들춰내고 납치된 소녀들을 풀어줬으니, 진운룡에게 그에 대한 보복을 하려는 것이 분명했다.

적반하장(賊反荷杖)이라더니 천인공로 할 잘못을 저지르고도 뉘우치지는 못할망정 오히려 잘못된 것을 바로잡은 이들을 징치하겠다고 달려들다니 어이가 없었던 것이다.

"흥! 그렇다면 이 모든 게 결국 진 공자 때문이구려!"

제갈무진이 날카로운 목소리로 말했다.

진운룡에게 책임을 전가하려는 속셈이었다.

"지금 진 공자가 잘못이라도 했다는 거요? 제갈 공자는 그럼 진 공자가 소녀들을 못 본 체했어야 한다는 것이오?"

황보영천이 노한 목소리로 말하자 제갈무진이 자신의 실책을 깨닫고는 급히 변명했다.

"아……. 연약한 여인들까지 위험에 빠지게 된 이 상황이 너무 안타까워 내가 그만 실언을 하고 말았소."

"놈들이 거의 다가왔습니다!"

그때, 구학의 외침이 들려와 모두의 시선이 다시 세 척의 배로 향했다.

어느새 배들은 지척까지 다다라 있었다.

이제는 나머지 사람들의 눈에도 적들의 정체가 또렷 이 보였다.

환관이라 짐작되는 다섯 사내 외에는 모두 복면을 쓰 고 있었다.

"동창 놈들!"

적산이 이를 갈며 적들을 노려봤다.

분명 자신의 부모가 죽인 자들도 동창 복장을 입었지 만, 수염이 없는 환관들이었다.

'저놈들이었군!'

비록 놈들이 동창의 제복을 입고 있지는 않았지만, 아마도 같은 조직에 속해 있는 자들일 것이다.

적산에게는 부모를 죽인 원수였다.

"나는 남궁세가의 남궁린이다! 그리고 이 배에는 황 보세가와 제갈세가, 모용세가의 자제들이 타고 있다. 오대세가와 정도 무림 전체를 적대시할 생각이 아니라 면 이대로 조용히 물러나는 것이 좋을 것이다!"

남궁린이 자신과 일행의 신분을 밝히며 상대를 위협 했다.

아무리 동창이라 해도 무림 전체를 상대로 싸울 수는 없을 것이라 여겼기 때문이다.

하지만 적들의 반응은 남궁린의 기대를 무참히 저버렸다.

"불화살을 쏴라!"

가운데 배에 타고 있던 하륜이 명을 내림과 동시에 세 척의 배로부터 불화살이 쏘아져 왔다.

다짜고짜 공격부터 하는 모양을 보면 애초에 이 배에 탄 모두를 죽일 생각인 듯했다.

"살인멸구를 하려는 모양이군!"

남궁린의 얼굴이 굳었다.

"흥! 그렇게 쉽게 당할 것 같으냐!"

황보영천을 비롯 일행이 날아오는 화살을 쳐 냈다.

쉬쉬쉬쉭!

티티팅!

여인들과 구학을 제외한 일행의 무공은 상당한 수준에 이르러 있었기에 화살 따위에 상처를 입을 사람은 없었다.

주먹과 검에 맞은 화살들이 튕겨 나갔다.

"엇!"

하지만 문제는 튕겨 나간 불화살 중 일부가 배 위로

떨어진 것이었다.

"이런! 불이다!"

나무로 만들어진 배에 금세 불이 붙었다.

"젠장! 놈들이 배를 노리고 있소!"

제갈무진이 얼굴을 일그러뜨리며 소리쳤다.

배가 없으면 물속에서 놈들과 싸워야 했다.

그렇게 되면 배위에서 공격하는 놈들을 상대하기가 쉽지 않을 것이다.

그렇다고 상대방의 배로 건너가기에는 거리가 너무 멀었다.

오십 장의 거리를 두고 놈들은 화살만 날릴 뿐 더 이상 다가오지 않고 있었다.

"저런 쳐 죽일 놈들!"

황보영천이 이를 갈며 적의 배를 바라보았다.

"그렇게 잘난 척 하더니 무슨 방법이 없는 거요?"

제갈무진이 진운룡을 바라보며 소리쳤다.

진운룡은 팔짱을 낀 채 여유로운 얼굴로 상황을 주시하고 있었다.

소은설과 진운룡의 주위로는 무슨 막이라도 쳐진 듯 화살이 범접하지 못하고 튕겨 나갔다.

"흥! 자신만 살면 그만인가요?"

모용주란이 표독스러운 눈으로 진운룡을 노려봤다.

진운룡이 적산을 바라봤다.

"상대해 보겠느냐?"

"맡겨만 주십시오, 주군!"

적산이 이글거리는 눈으로 고개를 숙였다.

"정신 바짝 차려라."

씨익 웃은 진운룡이 적산의 뒷덜미를 잡더니 갑자기 허공으로 던져 버렸다.

휘이이익!

동시에 마치 한 마리 새처럼 적산의 신형이 허공을 가로질러 동창의 암살자들이 머물고 있는 배를 향해 날아갔다.

남궁린을 비롯한 일행이 화살을 쳐 내는 것도 잊은 채 경악한 눈으로 그 모습을 바라봤다.

"엇! 적이 날아온다! 쏴라!"

놀란 복면인들이 불화살을 멈추고 적산을 향해 화살을 날렸다.

"크하하하하하! 이거 기분이 죽여 주는구나!"

적산이 검을 뽑아 휘두르자 검기가 소용돌이치며 정면으로 날아오는 십여 개의 화살들을 삼켜 버렸다.

그와 동시에 적산의 신형이 가장 왼쪽에 있던 배로

떨어져 내렸다.

쿠우웅!

적산이 내려서자 그 충격에 배가 뒤집어질 듯 흔들렸다.

"크크크! 나는 적산! 네놈들을 데려갈 사신이니라!"

광기 어린 웃음을 흘리며 적산이 복면인들을 향해 돌진했다.

"막아라!"

복면인들이 적산을 둘러싸고 검을 휘둘렀다.

하지만 이미 예전의 적산이 아니었다.

적산이 검을 휘두르자 검기가 채찍처럼 늘어나더니 주변을 크게 훑었다.

촤아아아악!

카카칵!

"으앗!"

"커헉!"

적산의 검기와 부딪힌 복면인들이 뒤로 튕겨 나갔다.

개중에는 미처 검기를 막지 못하고 가슴이 벌어진 채 목숨을 잃은 자들도 다섯이나 되었다.

"고수다! 뒤로 물러나라!"

호통이 들리며 복면인들이 썰물처럼 뒤로 물러섰다.

그와 동시에 창백한 얼굴을 드러낸 특무창위 하나가 앞으로 나섰다.

"멍청한 놈! 스스로 지옥으로 걸어 들어오다니! 버러지 같은 무인 놈들은 역시 어리석기 그지없구나!"

특무창위가 비릿한 웃음을 지으며 말했다.

"큭큭큭, 누가 어리석은지는 두고 보면 알 것이다. 오늘 이곳에서 너희 모두를 죽이고 동창의 씨를 말려 부모님의 원수를 갚겠다!"

"후후, 용기가 가상하구나. 하지만 그 용기 때문에 네놈은 오늘 죽게 될 것이다!"

특무창위가 먼저 적산에게 달려들었다.

                    *   *   *

한편, 화살이 멈추자 배 위에 있는 일행은 여유를 찾을 수 있었다.

일행은 우선 배에 붙은 불을 껐다.

하지만 돛은 이미 타 버려 어떻게 할 수가 없었다.

"놈들을 향해 배를 모시오!"

남궁린이 선장에게 명했다.

"하, 하지만 그렇게 되면……."

선장이 두려움에 떨며 머뭇거렸다.

상대의 수가 훨씬 많은 상황이었고, 얼핏 동창이라는 말을 들었기 때문이었다.

그렇다면 죽으러 가는 것이나 마찬가지였다.

"걱정 마시오! 숫자는 저들이 많지만 여기 있는 이들은 무림에서도 알아주는 고수들이오. 게다가 놈들이 복면을 하고 있다는 것은 신분을 숨기려는 것. 신분이 드러나게 되면 동창이 무림 전체와 상대해야 되기 때문이오. 아무리 동창이라 해도 무림 전체와 싸울 수는 없소. 그것은 곧 놈들만 없애면 동창에서도 이 사실을 가지고 더 이상 따지고 들지는 못할 것이란 이야기요. 반면 놈들은 이번 일이 동창의 짓이라는 것을 숨기기 위해 무슨 일이 있어도 여기 있는 모두를 죽여 살인멸구하려 할 것이오. 우리에겐 어차피 선택의 여지가 없소."

갈등하던 선장이 이를 악물었다.

남궁린의 말대로 가만있거나 도망친다 해도 어차피 죽은 목숨이었다.

유일한 희망은 배에 탄 무인들이 동창 무리들을 무찌르는 것뿐이었다.

게다가 백성이라면 누구라도 동창에 대해 이를 갈고 있었고, 선장 역시 마찬가지였다.

"퉤! 어차피 이렇게 된 것! 해봅시다! 무사 나리들만 믿겠소! 돛이 없는 상황이라 오로지 노를 이용해 움직여야 하니 좀 도와주시오!"

바람을 탈 수 없으니 오로지 사람의 힘만으로 움직여야 했다.

즉시 황보영천과 황보세가 형제들이 달려들어 노를 잡았다.

그러자 배의 속도가 훨씬 빨라졌다.

"감히 어딜!"

적산이 올라선 배 외의 두 척의 배에서 다시 불화살이 날아오기 시작했다.

순간, 그때까지 잠자코 있던 진운룡이 움직였다.

구우우우웅!

그의 주위로 기파가 퍼져 나가며 대명호의 수면이 진동했다.

촤아아아아악!

곧이어 놀랍게도 주위의 물줄기들이 하늘로 솟아올랐다.

치익! 칙!

불화살들이 물줄기와 부딪혀 배에 도달하지도 못한 채 튕겨 나갔다.

기름 때문에 불이 꺼지지는 않았으나 배에 직접 부딪히지 않으면 아무런 위협이 될 수 없었다.

"허! 방염의 장원을 혼자 정리했다는 말이 이해가 가는구려!"

진운룡의 신위에 남궁린이 업을 다물지 못했다.

어느새 적과의 거리는 이십 장 정도로 좁혀져 있었다.

순간, 남궁린의 신형이 앞으로 쏘아져 나갔다.

그는 삼십 장이 넘는 거리를 뛰어넘어 하륜이 있는 가운데 배 위로 날아가고 있었다.

"형님!"

황보영천이 놀라 소리쳤으나 이미 남궁린은 배 위로 떨어져 내리고 있었다.

"우리도 갑시다!"

좀 더 거리가 가까워지자 황보영천이 노를 놓고 적의 배를 향해 몸을 날렸다.

황보영관과 황보영호 역시 함께 몸을 날렸다.

"따지고 보면 이 모든 게 그대 때문인데, 어째서 움직이지 않는 것이오?"

제갈무진이 진운룡을 노려보며 말했다.

"글쎄, 난 더 중요한 일이 있어서."

진운룡이 소은설을 보며 씨익 웃었다.

지금 당장에 진운룡에겐 소은설을 보호하는 것이 가장 중요했기 때문이다.

"무, 무슨."

소은설의 볼에 홍조가 일었다.

그 모습을 모용주란이 독기 어린 눈으로 노려봤다.

"그러는 그대는 왜 배에 남아 있나? 남궁 공자에게 잘 보이려면 함께 싸우는 것이 좋을 텐데?"

마치 자신의 마음을 꿰뚫고 있는 듯한 진운룡의 말에 제갈무진은 노려보기만 할 뿐 아무 말도 할 수 없었다.

"흥! 그대는 비겁하게 배나 지키고 있으시지!"

한바탕 독설을 토해 낸 제갈무진이 결국 남궁린이 향한 배로 몸을 날렸다.

"정말 안 가 봐도 되겠어요?"

소은설이 걱정스러운 눈으로 물었다.

"적산 녀석도 있고, 옥기린인가 뭔가 하는 아이도 있으니 알아서들 잘하겠지."

진운룡이 파악한 바로는 상대들 중 가장 강한 이는 다섯 명의 특무창위들이었다.

하지만 그들의 능력이 제법이긴 했으나, 적산이라면 충분히 해볼 만한 수준이었다.

남궁린은 적산보다 수준이 한 단계 위니 말할 것도 없었다.

굳이 진운룡이 귀찮음을 무릅쓸 이유가 없는 것이다.

＊　　　＊　　　＊

"동창의 개!"

적산의 검이 수려한 곡선을 그리며 특무창위의 허리를 베어 갔다.

쉬아아악!

검 위로 소용돌이치는 검기가 미처 도달하지 않았음에도 창위의 옷을 가루로 만들었다.

"크읍!"

창위가 간신히 검을 휘둘러 적산의 공격을 막아 냈다.

그의 표정은 딱딱하게 굳어 있었다.

처음에는 분명 대등한 싸움이었다.

아니, 오히려 공력에서는 자신이 우위에 있었다.

한데, 어떻게 된 일인지 시간이 흐를수록 상대의 움직임을 도무지 종잡을 수가 없었다.

적산은 똑같은 초식을 한 번도 구사하지 않았다.

게다가 마치 연체동물처럼 예상치 못한 움직임으로 특무창위의 혼을 쏙 빼놓고 있었다.

"이놈! 무슨 사술을 쓰는 것이냐!"

특무창위가 얼굴을 일그러뜨리며 소리쳤다.

"큭큭큭! 사술? 지금 나의 주인께서 직접 내려 주신 절세의 신공을 사술이라고 했느냐? 하기야 멍청한 네놈의 눈에는 그렇게 보일 수도 있겠구나? 그렇다면 결국, 진정 어리석은 것은 내가 아니라 네놈이었던 모양이구나!"

쒜애애액!

적산의 검이 파공성을 내며 특무창위의 심장을 향해 짓쳐갔다.

"놈!"

까앙!

그때, 동료의 위기를 본 나머지 창위 하나가 적산의 검을 쳐 냈다.

그가 사용하는 것은 무게가 족히 백 근은 나가 보이는 추(椎)였다.

추의 머리는 두 자가 넘는 길이에 지름이 거의 한 자나 될 만큼 컸다.

거대한 추만큼이나 사내의 체구 또한 팔 척에 다다르

는 거인이었다.

"때릴 데가 많아서 좋겠군! 후후!"

오히려 기쁜 듯 적산의 미소가 짙어졌다.

"건방진 놈!"

눈썹을 치켜 올린 거구(巨軀) 창위의 추가 적산을 내려쳐 왔다.

그 위력이 어마어마해서 마치 하나의 거대한 산이 덮쳐오는 듯했다.

"크크크크!"

적산이 광소를 흘리며 사내의 품으로 뛰어들었다.

거리를 좁혀 반경(半徑)이 큰 상대의 공격을 무마시키려는 의도였다.

"어림없다!"

순간, 거구 창위가 추를 잡고 있는 왼손을 놓더니 달려오는 적산을 향해 장(掌)을 쳐 냈다.

그럼에도 불구하고 내려치는 추의 위력은 전혀 줄지 않았다.

놀랍게도 거구 창위는 백 근이 넘는 추를 한 손만으로도 휘두를 수 있었던 것이다.

졸지에 적산은 상대의 장을 향해 달려드는 꼴이 되었다.

게다가 뒤쪽에서는 거대한 추가 덮치고 있었다.

이대로라면 적산은 납작하게 육포(肉脯)가 되어 버릴 터였다.

그때, 갑자기 적산의 신형이 밑으로 쑥 꺼져 버렸다.

"읏!"

목표를 잃은 손바닥과 추가 가까스로 움직임을 멈췄다.

동시에 적산이 거구 창위의 다리 사이로 미끄러지듯 빠져나갔다.

"쥐새끼 같은 놈!"

어느새 적산의 검이 창위의 등을 찌르고 있었다.

"놈!"

검을 든 창위가 적산의 옆구리를 찔러 왔다.

거구 창위의 등을 찌르는 것을 포기하지 않을 경우 적산은 옆구리가 꼬치 꿰이듯 상대의 검에 뚫릴 지경이었다.

하지만 적산은 검을 멈추지 않았다.

푸욱!

"크윽!"

적산의 검이 거구 창위의 허리에 깊숙이 박혔다.

동시에 나머지 창위의 검이 적산의 옆구리를 찔렀다.

까아앙!

그러나 기대했던 파육음이 아닌 쇠와 쇠가 부딪히는 소리가 울렸다.

어느새 적산이 왼손에든 검집을 이용해 창위의 검을 막아 낸 것이다.

"이런!"

검을 든 창위의 눈이 부릅떠졌다.

적산은 얼른 검을 뽑아 검을 든 창위를 치려 했다.

한데, 거구 창위의 등에 박힌 검이 꼼짝도 하지 않았다.

거구 창위는 외공을 극한으로 익힌 자였다.

순식간에 근육을 돌처럼 단단하게 경화(硬化)시켜 적산의 검을 묶어 버린 것이다.

"우와악!"

거구의 창위가 괴성을 지르며 몸을 돌렸다.

동시에 추가 거대한 반원을 그리며 적산의 머리를 노렸다.

적산의 검이 창위의 움직임에 따라 딸려 갔다.

미처 검기를 뿜어낼 틈도 없었다.

이때다 싶었던 검을 든 창위 역시 적산의 등을 향해 회심의 일격을 날렸다.

위기의 순간.

적산은 미련 없이 검을 놓았다.

보통의 무사라면 자신의 병기를 절대 버리지 않는 법이었지만, 적산은 보통의 무사가 아니었다.

검을 버린 적산이 그대로 자세를 낮춘 채 검을 든 창위를 향해 돌진했다.

부우우우웅!

추가 적산의 머리 위를 간발의 차로 스치고 지나갔다.

동시에 나머지 창위의 검이 적산의 어깨를 할퀴고 지나갔다.

하지만 적산은 이를 악문 채 검을 든 창위의 가슴을 향해 반대쪽 어깨를 밀어 넣었다.

퍼억!

묵직한 타격음이 들리며 검을 든 창위가 뒤쪽으로 튕겨 날아갔다.

"크아악!"

예전과 달리 일 갑자가 넘는 공력을 가진 적산의 몸통 박치기는 그 위력이 천지차이였다.

갈비뼈가 내려앉은 듯 바닥에 떨어진 창위의 가슴은 움푹 꺼져 있었다.

"이 죽일 놈!"

거구 창위의 분노 어린 목소리가 들려왔다.

하지만 적산은 눈조차 돌리지 않은 채 쓰러진 창위를 향해 쏘아져 갔다.

확실하게 마무리를 지을 심산이었다.

후우우우웅!

동시에 뒤쪽에서 귀를 찢는 파공성이 들려왔다.

거구 창위가 거대한 추를 그대로 적산을 향해 던진 것이다.

육 척이 넘는 추가 회전을 하며 적산의 뒤를 덮쳤다.

그러나 이런 빤한 공격에 맞아 줄 적산이 아니었다.

무류검보(無流劍譜)를 수련하기 시작한 후 근래에는 신웅과도 크게 밀리지 않을 정도로 실력이 향상된 그.

부우웅!

퍼억!

고개를 숙여 어렵지 않게 추를 피해 낸 적산의 무릎이 쓰러진 창위의 머리를 그대로 뭉개 버렸다.

비명조차 지르지 못하고 검을 든 창위가 목숨을 잃었다.

적산은 그대로 한 바퀴 구르며 창위가 떨어뜨린 검을 주웠다.

바로 그 순간!

적산의 등에 서늘한 위기감이 느껴졌다.

생각할 여유도 없이 적산이 그대로 다시 바닥을 굴렀
다.

부아아아앙!

대기를 찢는 굉음과 함께 추가 적산의 등을 스치고
지나갔다.

"크으윽!"

살짝 스쳤을 뿐인데, 옷은 물론 등가죽이 벗겨질 정
도로 엄청난 위력이었다.

놀랍게도 거구 창위가 던진 추가 다시 돌아와 적산을
노린 것이다.

무려 백 근이 넘어가는 추에 회전을 넣어 되돌아오도
록 던진 창위의 힘은 놀라움 그 자체였다.

"이노오옴!"

어느새 적산의 코앞에 다가온 거구 창위가 날아온 추
를 받아들고 그대로 내려쳤다.

콰아아아앙!

폭음과 함께 땅이 들썩였다.

땅 바닥이 마치 작은 분화구처럼 세 자가 넘게 움푹
파였다.

간발의 차이로 옆으로 굴러 추를 피한 적산이 훌쩍 허공으로 뛰어올라 추 위로 내려앉았다.

마치 무게가 없는 양 적산이 추를 밟고 그대로 거구 창위를 향해 돌진했다.

창위가 급히 추를 휘둘러 적산을 떨쳐 내려 했지만, 어느새 적산은 창위의 가슴팍에 다다라 있었다.

쉬아아아악!

적산의 검이 창위의 목젖을 향해 송곳처럼 찔러 들어갔다.

지금이라도 창위가 추를 놓고 물러선다면 적산의 검을 피할 수 있었다.

그럼에도 불구하고 창위는 자신의 무기인 추를 포기하지 못했다.

이것이 적산과 창위의 운명을 갈랐다.

푸욱!

아무리 단단한 근육을 가지고 있어도 검기를 잔뜩 두른 적산의 검을 막아 낼 수는 없었다.

검이 목에 구멍을 내며 창위의 목에서 핏줄기가 분수처럼 뿜어져 나왔다.

적산의 소용돌이치는 검기가 창위의 목을 헤집어 놓은 것이다.

창위의 거구가 몇 번 뒤뚱이더니 그대로 배 바닥으로 쓰러졌다.

　쿵!

　"놈을 막아라!"

　"죽여라!"

　십여 명의 복면인들이 적산을 향해 달려들었다.

　하지만 적산은 복면인들을 상대하지 않고 검을 들어 그대로 배 바닥을 내려쳤다.

　콰지직!

　검기가 회오리치며 배 밑바닥까지 단숨에 관통해 버렸다.

　"어엇!"

　"으아악!"

　"배, 배가 가라앉는다!"

　커다랗게 뚫린 구멍으로 물이 솟구쳐 오르더니 배가 한쪽으로 기울어졌다.

　복면인들이 여기저기서 호수로 뛰어내렸다.

　적산은 뒤도 돌아보지 않고 가운데 배로 몸을 날렸다.

　　　　*　　　　　*　　　　　*

한편, 가운데 배로 올라탄 남궁린은 하륜과 맞부딪혔다.

뒤 따라 배 위로 내려선 황보세가 형제들이 나머지 복면인들을 상대했다.

황보영천이 특무창위 하나를 상대했고, 제갈무진이 나머지 특무창위를 맡았다.

"후후, 이게 누구신가? 변변치 못하게 납치나 당하는 정도 무림의 황태자 남궁 공자가 아니신가? 신수가 훤한 것을 보니 그닥 고생을 하지는 않았던 모양이야? 한데 얼마나 대단한 자들이기에 감히 천하의 옥기린 남궁 공자를 납치한 것인가? 이거 한 번 꼭 만나 보고 싶군그래."

남궁린과 검을 맞부딪힌 하륜이 이죽거리며 남궁린을 비웃었다.

남궁린의 눈썹이 꿈틀했다.

하지만 상대가 일부러 자신을 도발하고 있다는 사실을 잘 알고 있었기에 쓸데없이 경거망동하지는 않았다.

"호오. 어린 나이에 제법이군."

하륜이 기특하다는 얼굴로 남궁린을 바라봤다.

마치 어른이 아이를 상대하는 듯한 태도였다.

"게다가 공력도 알려진 것 보다 더 뛰어나군그래. 벌써 화경에 들어선 것인가?"

아직 서른도 되지 않은 나이에 화경의 경지에 들어섰다는 것은 경악할 만한 일이었다.

하지만 그럼에도 불구하고 하륜의 표정은 너무도 여유로웠다.

"동창이 언제부터 죄 없는 백성들의 목숨을 빼앗는 무리가 되었는가!"

남궁린이 노한 목소리로 호통 쳤다.

하륜의 입가에 조소가 일었다.

"동창이라니? 여기에 동창이 어디 있단 말인가?"

어차피 특무창위는 비밀리에 운용되는 조직이었고, 복면인들 역시 그들의 신분을 증명할 것은 아무것도 없었다.

"손바닥으로 하늘을 가릴 수 있으리라 보느냐!"

남궁린이 그대로 하륜을 향해 돌진했다.

쩌저정!

검과 검이 부딪히며 불꽃이 번뜩였다.

어느새 두 사람의 검에는 검강이 어려 있었다.

"화경이라니!"

황보영천이 놀란 눈으로 소리쳤다.

자신과 나이차가 얼마 나지 않는 남궁린이 벌써 화경의 경지에 이르렀다는 사실도 놀라웠지만, 동창에 화경을 넘어선 고수가 존재한다는 사실은 충격이었다.

그동안 은연중에 무림인들은 동창을 관리 나부랭이라 얕보고는 했다.

그들이 권력은 클지 모르나 무력은 변변치 않았기 때문이다.

한데, 하륜은 물론, 자신과 재갈무진을 상대하고 있는 자들 역시 절정을 훌쩍 넘어서는 실력을 가지고 있는 게 아닌가.

황보영천과 제갈무진은 특무창위들에게 연신 뒤로 밀리고 있었다.

그나마 황보영관, 영호 형제가 복면인들을 저지하고 있어서 다행이리라.

배가 크지 않았기에 동시에 상대할 복면인의 수가 한정되어 있었기 때문이다.

어찌 보면 일행에게는 행운이라 할 수 있었다.

그때였다.

"동창의 개들은 목을 길게 내밀고 내 검을 받아라!"

두 특무창위를 해치운 적산이 배 위로 훌쩍 건너오며 검을 휘둘렀다.

번쩍!

"크악!"

"아악!"

길게 늘어난 검기가 복면인 둘의 목을 가르고 지나가며 피가 뿜어져 나왔다.

곧이어 적산이 복면인들 사이로 뛰어들었다.

하륜의 표정이 싸늘해졌다.

적산이 자신의 배로 왔다는 것은 그를 상대하던 창위 둘이 죽었다는 이야기이니까.

그것은 하륜이 전혀 예상치 못했던 일이었다.

황보세가 선체와 상대해도 밀리지 않을 자신이 있던 그였다.

한데, 실상은 애송이들 몇 명에게 고전하는 것이다.

게다가 정작 목표인 진운룡은 코빼기조차 보이지 않았다.

하륜의 얼굴에 분노가 일었다.

"감히!"

하륜의 몸에서 엄청난 기파가 쏟아져 나오며 두 눈이 붉게 충혈 되기 시작했다.

심상치 않은 기세에 남궁린이 훌쩍 뒤로 물러났다.

"오늘 네놈들은 이곳에서 한 놈도 살아가지 못할 것

이다!"

어느새 얼굴이 악귀처럼 일그러진 하륜이 짐승이 으르렁거리듯 서늘한 목소리로 말했다.

촤아아악!

순간, 복면인 둘이 마치 자석에 끌려가는 쇠붙이처럼 하륜에게로 딸려 갔다.

"어어!"

놀란 복면인들이 버티려 했지만, 강력한 인력(引力)을 이겨 내지 못하고 주르륵 끌려갔다.

터억!

두 복면인의 머리가 하륜의 양손에 잡혔다.

"끄으으윽!"

동시에 비명과 함께 두 복면인의 칠공에서 피가 뿜어져 나왔다.

촤아아아악!

놀랍게도 두 복면인에게서 뿜어져 나온 핏줄기가 하륜의 왼쪽 가슴으로 빨려 들어갔다.

"저, 저것은?"

황보영천이 눈을 부릅떴다.

피를 흡수하는 것은 방염의 장원에서 만났던 괴인이 사용하던 수법이었다.

'동창과 그 괴인이 관계가 있단 말인가!'

우우우우웅!

그때, 목내이처럼 변한 두 복면인을 바닥으로 내팽개친 하륜의 몸에서 소름끼치도록 차가운 기운이 뿜어져 나왔다.

쩌어어어억!

곧이어 그를 중심으로 배가 얼어붙기 시작했다.

남궁린이 굳은 얼굴로 하륜을 노려봤다.

빙한(氷寒) 계열의 마공을 익힌 듯했는데, 그 위력이 화경 초입에 이른 남궁린조차 압력을 느낄 정도였다.

복면인과 다른 창위들마저 싸움을 멈추고 하륜을 피해 멀찌감치 물러섰다.

"가소로운 애송이 놈들! 한꺼번에 죽여 주마!"

하륜이 남궁린을 비롯한 황보형제들과 적산을 노려보며 소리쳤다.

쩌저저적!

악귀의 얼굴을 한 하륜이 천천히 앞으로 손을 뻗자 빙판(氷板)에 금이 가는 듯한 소리와 함께 허공에 얼음 결정들이 생겨나기 시작했다.

처음 작은 알갱이 같던 얼음 결정들이 점점 커져 창

날처럼 날카롭게 변했다.

수십 개의 얼음 창들이 태양빛을 이리저리 산란시키는 모습은 그 치명적인 위험과는 모순되게도 무척 아름답고 신비스럽게 보였다.

쉬쉬쉬쉬쉭!

하륜의 두 눈에서 혈광이 뿜어져 나옴과 동시에 악마의 발톱처럼 날카로운 얼음 창들이 사방으로 쏘아져 나갔다.

콰콰콰콰쾅!

얼음 창은 적아를 가리지 않고 주변을 초토화 시켰다.

하륜 주위에 있던 복면인들은 비명조차 제대로 지르지 못하고 얼음 창의 제물이 되었다.

배는 여기저기 구멍이 뚫려 물이 차오르고 있었다.

황보형제와 남궁린 적산 역시 얼음 창의 공격을 받았다.

"크윽!"

검으로 얼음 창을 막아 낸 적산이 그 여력을 이겨 내지 못하고 주르륵 뒤로 밀려났다.

황보 형제는 내상을 입었는지 창백한 얼굴로 휘청거리고 있었다.

"으음……."

검으로 얼음 창을 튕겨 낸 남궁린 역시 손을 저릿하게 만드는 강력한 충격에 신음을 흘렸다.

이제까지 상대했던 것과는 비교도 안 되는 어마어마한 힘이었다.

공력만 따진다면 십이천에 결코 뒤지지 않을 정도로.

이대로라면 필패였다.

"이런!"

순간, 남궁린을 비롯한 일행의 표정이 일그러졌다.

하륜 주변 허공에 그 숫자가 첫 번째의 두 배나 되는 얼음 창이 모습을 드러냈기 때문이다.

남궁린과 적산은 그런대로 버틸 수 있을지 모르나, 황보 형제에게는 절체절명의 위기였다.

바로 그때였다.

츠츠츠츠츳!

콰콰콰쾅!

열 줄기 빛나는 은선(銀線)이 날아와 하륜을 강타했다.

동시에 백여 개가 넘던 얼음 창들이 공기 중으로 증발해 버렸다.

　　　　＊　　　　　＊　　　　　＊

"후후후! 드디어 움직였구나!"

하륜이 비릿한 미소를 띤 채 갑판을 노려봤다.

그곳에는 어느새 진운룡이 팔짱을 낀 모습으로 서 있었다.

하륜이 피의 권능을 사용하는 것을 보고 즉시 몸을 날린 것이다.

"주군!"

적산이 이를 드러내며 진운룡을 반겼다.

남궁린은 눈을 빛내며 진운룡과 하륜을 번갈아 바라봤다.

과연 진운룡이 하륜을 어떻게 상대할지 궁금했던 것이다.

소문으로 들었던 진운룡의 무위를 직접 확인하고 싶었다.

"혈신대법을 알고 있구나."

그때, 진운룡의 입술이 무겁게 열렸다.

또다시 혈신대법의 흔적이 나타난 것이다.

그렇다면 방염과 오 사령이라는 자와 동창이 어떤 관련이 있을 가능성이 높았다.

하륜이 놀란 눈으로 진운룡을 바라봤다.

"네놈이 어찌!"

강호에서 혈신대법을 알아보는 자가 있으리라고는 생각지도 못한 것이다.

피의 권능을 직접적으로 노출한 것은 이번이 처음이기 때문이다.

"방염과는 어떤 관계인가."

하륜이 눈살을 찌푸렸다.

"방염?"

방염이라면 며칠 전 남궁린을 비롯한 무림인 납치 사건의 범인으로 드러난 자.

황보세가에서 그날 벌어졌던 일에 대해 워낙에 쉬쉬하고 있는 상태라 아직까지 자세한 내용은 알려지지 않고 있었다.

"흥! 그딴 염상 나부랭이를 내가 알아야 하나?"

진운룡의 미간에 주름이 생겼다.

하륜의 표정을 보면 결코 거짓은 아니었다.

두 사람이 아무런 관련이 없다면 더욱 복잡했다.

혈신대법과 관계있는 세력이 최소한 둘 이상이라는 이야기였기 때문이다.

아니면 두 세력의 뒤에 더 큰 암중세력이 있을 수도

있었다.

어찌 되었든 진실을 알아내려면, 일단은 하륜을 제압해서 혈신대법을 알려 준 자들에 대해 밝혀내는 것이 먼저였다.

"어디, 네놈이 소문만큼 대단한 실력을 가졌는지 볼까?"

다시 백여 개의 얼음 창이 모습을 드러냈다.

순간, 진운룡이 달아나듯 호수로 뛰어들었다.

자칫 다른 이들이 싸움에 휘말릴 수도 있었기 때문이다.

"놈! 어림없다!"

진운룡이 달아나자 여긴 하륜이 얼음 창들을 허공에 띄운 채 재빨리 그 뒤를 쫓았다.

놀랍게도 두 사람은 물 위를 평지처럼 달렸다.

백여 개의 얼음 창을 거느리고 진운룡을 쫓는 하륜의 모습은 보는 이로 하여금 전율을 느끼게 했다.

그가 발을 내딛는 곳곳 마다 물이 얼어붙어 마치 얼음으로 된 길이 하륜 앞에 스스로 생겨나는 듯 보였다.

호수 한가운데 다다른 진운룡이 움직임을 멈추고 돌아섰다.

"후후, 나를 유인한 것인가? 다른 놈들을 살리려고?

그렇다면 큰 착각을 하고 있군. 어차피 네놈을 죽이고 나머지 놈들도 전부 고통스럽게 죽일 테니 말이야."

하륜의 혈안(血眼)이 뱀의 그것처럼 번들거리며 진운룡을 훑었다.

"우선은 네놈부터!"

피피피피핑!

백여 개의 얼음 창들이 진운룡을 한 사람을 향해 쏘아졌다.

마치 한 점을 향해 수렴(收斂)하는 은빛 선들의 무리를 보는 듯했다.

하지만 자신을 도륙하기 위해 달려드는 얼음 창들을 지켜보는 진운룡의 눈빛은 너무나도 담담했다.

콰콰콰콰쾅!

강력한 폭발과 함께 얼음 창들이 진운룡을 직격했다.

수증기가 피어오르고 차가운 냉기가 주변을 덮쳤다.

진운룡이 있던 자리를 중심으로 반경 삼 장 범위의 호수 표면이 빙판으로 변해 버렸다.

"저런! 어리석은!"

진운룡의 무모함에 남궁린이 인상이 구겨졌다.

이미 얼음 창의 위력을 경험해 본 그였기에, 백여 개

의 얼음 창을 피하지 않고 받아 내려는 진운룡의 행동이 얼마나 어리석은 일인지 잘 알고 있었기 때문이다.

그때였다.

수증기를 뚫고 두 개의 손바닥만 한 은빛 구채가 하륜을 향해 쏘아졌다.

그 뒤로 진운룡의 차가운 얼굴을 드러냈다.

"크크크, 그래, 이 정도는 돼야지!"

자신에게 날아오는 두 개의 광구를 보며 하륜이 혈안을 번들거렸다.

어차피 진운룡이 소문대로의 실력을 가지고 있다면 얼음 창으로 잡을 수 있을 것이라 생각지는 않았다.

'정보가 사실이었군. 후후.'

광구가 아직 도달하지 않았음에도 피부가 저릿할 정도의 위력이 느껴졌다.

진운룡의 경지가 십이천에 결코 뒤지지 않는다는 이야기가 사실이었던 것이다.

하지만 하륜 역시 십이천이 두렵지 않았다.

"네가 막았다면 나도 막아 주마!"

하륜이 두 다리를 벌린 채 양손을 앞으로 힘차게 밀어냈다.

콰르릉!

천둥소리가 울리며 하륜의 손바닥이 빠르게 진동했다.

그러자 수십 개가 넘는 장영(掌影)이 순식간에 하륜의 앞쪽 허공을 뒤덮었다.

빠른 속도로 쏘아져 오던 광구가 하륜이 만들어 낸 장영들과 부딪혔다.

구우웅!

충돌과 동시에 일대는 순간적으로 정적에 빠졌다.

폭발의 처음 수축이 소리마저 빨아들인 것이다.

빠아아앙!

압축되었던 대기와 공간이 터지며 강력한 기파가 반경 삼십 장을 덮쳤다.

얼었던 호수면이 터져 나가며 얼음조각들이 사방으로 비산했고, 그 밑에 잠들어 있던 물줄기는 용틀임하며 하늘로 솟구쳐 올랐다.

남궁린 등이 탄 배는 충격파를 견뎌 내지 못하고 결국 산산조각이 나 버렸다.

복면인과 창위들을 비롯 남궁린과 적산 일행은 호수로 뛰어들거나 나머지 배로 몸을 날렸다.

하륜의 장영들과 두 개의 광구는 흔적도 없이 사라져 버린 상태였다.

"제법이군."

진운룡이 조금은 의외라는 얼굴로 하륜을 바라봤다.

하륜은 방염의 장원에서 상대했던 오 사령이라는 자보다도 한 단계는 더 높은 능력을 가지고 있었던 것이다.

반면 하륜의 표정은 그리 좋지 못했다.

다급히 만들어 내느라 본래의 힘을 발휘하지는 못했지만 그가 발휘할 수 있는 절기들 중 세 손가락에 꼽을 정도로 강력한 위력을 가진 천빙장(千氷掌)이 너무 쉽게 소멸된 것이다.

그럼에도 진운룡의 표정에는 여유가 넘쳐 났다.

그것은 곧 상대가 아직 본 실력을 다 드러내지 않았다는 이야기였다.

"대단하군!"

남궁린 역시 탄성을 터뜨렸다.

진운룡이 그의 예상을 보기 좋게 깨뜨리고 백여 개의 얼음 창을 정면으로 받아 낸 것이다.

뿐만 아니라 하륜 같은 고수를 상대하면서도 전혀 긴장감이 느껴지지 않았다.

'진정한 고수!'

남궁린은 진운룡이 실로 소문처럼 십이천에 버금가는

고수라는 사실을 인정할 수밖에 없었다.

한편, 하륜의 표정은 한결 신중해졌다.

'쉽지 않은 싸움이 되겠군!'

이제는 그도 진운룡을 인정할 수밖에 없었다.

'하지만 그래도 승리는 내 것이다!'

츠아아아악!

수면을 스치며 하륜이 진운룡을 향해 돌진했다.

그의 손은 어느새 붉게 물들어 있었다.

치이이이익!

그가 지나치는 수면이 끓어오르며 수증기가 일었다.

"음한기공(陰寒氣功)과 열양기공(熱陽氣功)을 동시에 펼치다니!"

남궁린이 경악한 얼굴로 말했다.

두 가지 상극 된 기운을 한 사람이 펼쳐 낸다는 것은 불가능했다.

기운의 충돌을 몸이 버텨 낼 수 없기 때문이다.

물론, 두 가지 기운을 섞는 것은 가능했다.

음과 양이 조화를 이루도록 하는 것이다.

하지만 그렇게 되면 음과 양이 합하여 하나의 기운이 된다.

그와 달리 하륜은 극음(極陰)과 극양(極陽)의 무공을 동시에 펼치고 있었다.

진운룡의 눈동자가 빛났다.

마치 재미있는 장난감을 발견한 어린아이의 그것과 비슷했다.

순간, 하륜의 손이 십여 개의 수영(手影)을 만들어 냈다.

하륜의 또 다른 절기 혈염장(血炎掌)이 펼쳐진 것이다.

피처럼 붉은 손 모양의 불꽃이 진운룡의 온몸을 노리며 쏘아졌다.

막 화염들이 온몸을 집어삼키려는 순간 진운룡으로부터 막강한 기파가 뿜어져 나왔다.

떠더더덩!

마치 쇳덩이를 두드리는 듯한 소리와 함께 화염의 손들이 벽에라도 막힌 듯 뒤로 튕겨져 나갔다.

진운룡이 호신강기를 펼친 것이다.

하지만 하륜은 그에 개의치 않고 연달아 혈염장을 날렸다.

손바닥을 닮은 불덩어리들이 쉬지 않고 둥근 막을 때리는 장면은 마치 불꽃놀이를 보는 듯 화려했다.

쩌저저저저정!

계속 된 혈염장의 공격에 진운룡을 둘러싼 호신강기가 점점 붉게 달아올랐다.

당장에라도 혈염장의 뜨거운 열기에 녹아내려 버릴 것만 같았다.

하륜의 입가에 미소가 짙어졌다.

아무리 대단한 고수라 해도 호신강기만으로 혈염장을 막아 낼 수는 없었다.

"후후, 이대로 익혀 주마!"

하륜의 장영이 더욱 붉게 변했다.

열기가 짙어지며 진운룡 주위로 수증기가 가득 피어올랐다.

하륜은 진운룡이 발이 묶인 채 한 줌 재로 화할 것이라 믿어 의심치 않았다.

그때였다.

번쩍!

진운룡으로부터 터져 나온 한 줄기 섬광이 두 사람 사이의 공간을 횡으로 갈랐다.

섬광은 그토록 맹위를 떨치던 혈염장을 너무도 쉽게 부수며 곧장 하륜을 향해 쏘아져 왔다.

"엇!"

깜짝 놀란 하륜이 황급히 몸을 숙였다.

쉬이이익!

"크윽!"

빛줄기가 하륜의 등을 할퀴고 지나가며 화끈한 통증이 일었다.

빛줄기의 속도가 너무 빨라 완벽하게 피해 내지 못한 것이다.

몸을 일으킨 하륜의 등은 어느새 피범벅이 되어 있었다.

하륜이 일그러진 얼굴로 진운룡을 노려봤다.

진운룡의 오른손에는 어느새 한 자루 장검이 들려 있었다.

그 장검이 빛줄기의 근원임을 능히 짐작할 수 있었다.

단 일 검만으로 혈염장을 부순 것은 물론, 하륜에게 상처를 입힌 것이다.

하륜이 미처 숨 돌릴 틈도 없이 진운룡이 움직였다.

하륜의 눈으로도 쫓지 못할 만큼 빠른 움직임이었다.

연기처럼 사라진 진운룡의 신형이 하륜 바로 앞에 유령처럼 나타났다.

퍼억!

"커헉!"

어느새 검을 집어넣은 진운룡이 하륜의 명치에 주먹을 꽂았다.

하륜이 피를 뿌리며 뒤로 튕겨져 날아갔다.

그 뒤를 진운룡이 바짝 뒤쫓으며 연달아 권격(拳擊)을 날렸다.

쾌쾌쾌쾅!

화탄이 터지는 듯한 폭음과 함께 하륜의 육신이 들썩였다.

"크악!"

진운룡의 주먹을 막은 하륜의 두 팔은 마치 걸레처럼 너덜거리고 있었다.

만신창이가 된 하륜이 그대로 호수에 처박혔다.

첨벙!

남궁린을 비롯한 일행은 입을 다물지 못한 채 진운룡의 신위를 지켜봤다.

화경 고수이던 남궁린도 어쩌지 못했던 하륜을 마치 어린아이 데리고 놀듯 하는 진운룡의 모습은 그야말로 전율 그 자체였다.

"으아아아아!"

하륜이 괴성을 지르며 물속에서 빠져나왔다.

그의 몰골은 처참했다.

부서지다시피 한, 두 팔은 축 늘어지고, 온몸은 피로 물들어 있었다.

자신만만하던 모습은 온데간데없으며, 잔뜩 일그러진 얼굴만이 그의 현 상황을 대변해 주었다.

"크윽! 실력을 숨겼구나!"

고통을 참으며 쥐어짜는 듯한 목소리로 하륜이 말했다.

그제야 상대가 자신이 상상할 수도 없는 고수라는 사실을 알아차린 것이다.

하륜은 내심 경악을 감추지 못하고 있었다.

'십이천이 이토록 대단한 존재였단 말인가!'

진운룡이 십이천에 버금가는 고수라는 이야기를 들었을 때도 그다지 두려움을 느끼지 못했다.

결코 자신이 십이천에 뒤지지 않는다고 여겼기 때문이다.

하지만 그의 생각은 결국 오만에 불과했다.

실제로 상대해 본 진운룡의 능력은 예상했던 것보다 훨씬 뛰어났다.

게다가 황보세가를 상대해야 하는 경우까지 대비해 준비한 전력은 기껏 애송이 몇 명조차 상대하지 못하고 있지 않은가.

그동안 동창은 무림인들의 능력에 대해 큰 오판을 하고 있었던 것이다.

"이것이 전부라면 실망이군?"

그때, 진운룡의 목소리가 들려왔다.

너무도 담담해서 마치 두 사람이 한가하게 한담이라도 나누는 듯한 느낌이었다.

그것이 오히려 하륜의 등골을 서늘하게 만들었다.

당장에라도 진운룡이 손을 쓴다면 그로써는 아무런 대응 방법이 없는 상태였다. 한데도 진운룡은 선뜻 움직이지 않고 있었다.

그만큼 하륜에게 아무런 위험도 느끼지 않는다는 이야기였기 때문이다.

"빌어먹을!"

하륜이 이를 악물었다.

이렇게 된 이상 선택은 둘 중 하나였다.

무인답게 마지막까지 싸우다 진운룡의 손에 죽음을 당하든지, 아니면 굴욕적이지만 몸을 피한 후 다음을 기약하든지.

하륜은 두 번째 방법을 택하기로 결정했다.

그에게는 무인의 긍지나 용기 보다 목숨이 더욱 소중

했기 때문이다.

게다가 동창에 이 사실을 알려야 할 의무도 있었다.

진운룡은 하륜이 눈을 굴리는 모습을 여유롭게 지켜 봤다.

상대가 달아나려 한다는 사실을 알았지만 진운룡으로 서는 굳이 막을 이유가 없었다.

이대로 하륜이 돌아가면 다음에는 더욱 강하고 지위 가 높은 이들을 데리고 올 것이고, 그들을 제압하면 더 욱 강한 자들이 나타날 것이다.

그러다보면 결국에는 혈신대법을 퍼뜨린 원흉이 모습 을 드러내게 될 것이 분명했기 때문이다.

"크읔! 진운룡이라고 했지? 오늘 이 굴욕을 결코 잊 지 않겠다!"

이를 악문 하륜이 스스로에게 다짐하듯 말했다.

"얼마든지."

진운룡이 입가에 엷은 미소를 머금은 채 담담히 답했 다.

잠시 진운룡을 노려본 하륜이 그대로 몸을 날려 달아 났다.

살아남은 동창의 위사들이 패잔병처럼 그 뒤를 쫓았 다.

"어딜 도망치려고!"

"그만!"

적산이 급히 뒤를 쫓으려는 것을 진운룡이 막아섰다.

잔뜩 불만 어린 얼굴로 적산이 씩씩거렸다.

원수들을 눈앞에서 놓아준다는 것이 억울했기 때문이다.

하지만 진운룡은 적산의 불만을 그대로 무시했다.

진운룡의 명을 거역할 수 없는 적산은 잔뜩 못마땅한 얼굴로 고개를 돌렸다.

"크윽! 왜 놈을 그대로 놓아준 것이오!"

그때, 부서진 배 한쪽에 주저앉아 있던 제갈무진이 진운룡에게 따졌다.

하지만 진운룡의 다음 말에 입을 다물 수밖에 없었다.

"그럼 그대가 가서 잡든가."

특무창위들을 상대하느라 온몸에 상당한 상처를 입은 제갈무진이었다.

아무리 심각한 부상을 입은 하륜이라지만 그가 상대할 수 있을 리가 없었다.

이렇게 되자 남궁린과 나머지 일행도 하륜을 쫓지 못했다.

진운룡이 움직이지 않는데 그들이 섣불리 나설 수 없었다.

진운룡은 군이 제갈무진과 남궁린 등에게 하륜을 놓아 보낸 이유를 설명하지 않았다.

그렇게 되면 혈신대법에 대해서도 이야기해야 했기 때문이다.

하륜을 놓아준 진운룡이 소은설 등이 머물고 있는 배로 훌쩍 몸을 날렸다.

그 뒷모습을 남궁린이 뚫어져라 바라봤다.

진운룡은 충분히 오만할 만한 능력을 가지고 있었다.

그의 무위는 아버지이자 정도무림 제일의 고수인 남궁진천과 비교해도 결코 뒤지지 않으리라.

물론, 남궁진천이 남궁린에게 제대로 모든 것을 보여주지는 않았을 것이다.

하지만 그렇다 해도 스무 살밖에 되지 않은 진운룡의 나이를 생각하면 그의 능력은 그야말로 불가사의한 일이었다.

'혹시 반로환동한 고수란 말인가?'

남궁린의 미간에 주름이 생겨났다.

스스로 생각해도 어이없는 생각이었다.

반로환동은 이야기 속에서나 나오는 경지였기 때문이다.

이제껏 누구도 반로환동을 한 고수를 직접 봤다는 이는 없었다.

'아니면, 특별한 술법을 사용했든지, 주안술이라도 익힌 것인가?'

오히려 그것이 더 가능성이 높았다.

생각하면 생각할수록 진운룡의 정체에 대한 궁금증이 점점 더 커져만 갔다.

'진운룡이라……'

진운룡의 뒷모습을 보는 남궁린의 눈동자가 뜨겁게 이글거렸다.

5장
남궁진천

피이잉!

픽!

위혁의 뺨에 긴 혈선을 남기고 벽에 꽂힌 붓 자루가 바르르 떨렸다.

위혁은 미동도 않은 채 상관인 조문의 처분을 기다렸다.

"특무창위를 무려 다섯이나 보냈다. 한데 모두 전멸했다? 그것도 서른도 안 된 애송이들 몇 놈에게?"

조문이 살기를 뿜어내며 말했다.

그야말로 어이없는 일이었다.

넘치도록 충분한 전력을 보냈다고 생각했다.

게다가 인솔자는 특무창위들 중에서도 손가락에 꼽는 실력자인 하륜이었다.

하륜은 이미 화경의 경지를 넘어섰고, 혈신대법을 통해 얻은 힘으로 십이천(十二天)이라 해도 충분히 상대할 수 있는 능력을 지닌 이였다.

그러나 그 결과는 조문이 상상치도 못했던 것이었다.

전멸!

물론, 자결을 한 위사들이 많았지만, 결국 적을 이길 수 없었기에 자결을 택한 것이니 전멸이나 마찬가지였다.

"큭큭큭, 하기야 네놈이 무슨 책임이 있겠느냐. 애초에 이런 일을 책임질 만한 깜냥도 못 되는 놈이지!"

영반인 위혁은 하륜을 마음대로 움직일 수 없는 위치였다.

어차피 명을 내린 것은 조문 자신이고, 사실 그 책임도 자신이 져야 한다.

"후후, 이제 제독께 네놈과 내 목이 떨어지는 것은 시간문제다. 여기까지 와서 누굴 탓하랴. 내가 놈들을 너무 얕잡아 봤어……."

조문이 씁쓸한 얼굴로 되뇌었다.

애초부터 무림인들을 너무 우습게 보고 전략을 짠 것

이 실수였다. 생각보다 무림인들의 저력은 훨씬 뛰어났다.

"진운룡이라고? 대체 어디서 그런 괴물이 나타났다는 말인가……!"

조문이 탄식을 토해 냈다.

처음 하륜등을 제남에 보낼 때는 신웅과 황보세가만을 적으로 상정하고 전력을 편성했다.

진운룡의 등장은 전혀 예상치 못한 일이었다.

"죄송합니다! 정보가 조금만 빨랐어도……."

위혁이 침중한 얼굴로 고개를 조아렸다.

"그래, 그게 바로 네놈의 잘못이야. 파견 전력을 결정하고 명을 내린 것은 나지만, 그 결정을 내리는 데 명확한 정보를 제시하지 못한 것은 네놈이 제 역할을 하지 못한 게지."

동창의 주요업무 중 하나가 바로 첩보와 정보수집이었다.

수많은 대소신료들 황족들을 감시하고 그들의 뒷조사를 해서 약점과 치부를 확보하고 그것을 이용해 그들을 휘두른다.

뿐만 아니라 중원 전체에 거미줄처럼 퍼진 정보망을 통해 백성들을 감시하고 여론을 조율하는 역할도 하고 있다.

위혁은 그런 정보망의 한 줄을 잡고 있는 이였다.

그의 임무는 그 정보망을 관리하고 수집된 정보를 분석해서 조문에게 보고하는 것이다.

한데 이번에는 잘못된 정보를 조문에게 제공함으로써 작전의 실패에 한몫했다.

"죽여 주십시오!"

쿵!

위혁이 이마를 바닥에 부딪히며 죄를 청했다.

"내가 왜? 어차피 제독께서 다 죽일 텐데, 귀찮게 내가 손을 더럽힐 이유가 뭐가 있겠느냐? 큭큭큭."

마치 자포자기를 한 듯 조문이 일그러진 웃음을 지었다.

그때였다.

"조 첩형관! 제독께서 내리신 명을 받으십시오!"

문 밖에서 가늘고 높은 목소리가 들려왔다.

"올 것이 왔군. 들어오시게!"

비교적 담담한 얼굴로 조문이 자리에서 일어섰다.

문을 열고 들어온 것은 한 명의 나이 든 환관이었다.

현 동창 제독 육환은 궁에서 자신의 밑에 있던 환관들을 동창으로 끌어왔다.

그들은 특별한 직책을 가지고 있지는 않았지만, 사실상 육환의 가장 측근들이었기에 동창의 누구도 이 환관들을 무시하거나 감히 거스르지 못했다.

지금 조문을 찾아온 양위라는 자 역시 그들 중 한 명이었다.

조문은 씁쓸한 얼굴로 양위가 내민 서찰을 받아 들어 펼쳤다.

"이것은!"

서찰을 확인한 조문의 얼굴에 놀라움이 번졌다.

위혁이 무슨 일인가 하여 조문을 바라봤다.

"이것이 제독 각하의 뜻이오?"

"그렇소."

환관 양위가 아무런 감정도 없는 얼굴로 대답했다.

조문이 그 자리에서 그대로 무릎을 꿇었다.

"나 조문. 제독의 은혜에 감사드리며 내려주신 마지막 기회를 목숨을 바쳐서라도 반드시 성공시키도록 하겠소이다!"

조문의 말을 들은 위혁 역시 얼른 바닥에 오체투지(五體投地) 했다.

육환이 그들에게 한 번 더 기회를 준 것이다.

물론, 그것은 결코 자비나 용서와는 거리가 먼 것이

었다.

육환은 자신의 손으로 죽이느니 한 번 더 써먹는 편이 이익이라고 여긴 것이다.

이번에는 조문이 직접 움직여야 하리라.

물론, 그 끝에는 조문 또는 진운룡 둘 중 하나의 죽음만이 기다리고 있을 것이다.

＊   ＊   ＊

대명호 사건에 대한 소문은 순식간에 강호 여기저기로 퍼져 나갔다.

여러모로 대명호 사건은 충격적인 내용들이 많았다.

정파 후기지수들의 상징이라 할 수 있는 남궁린이 다시 한 번 습격을 받았다는 사실도 그렇고, 적의 괴수가 인간의 피를 흡수하여 힘을 증폭시키는 마공(魔功)을 사용한 것도 결코 그냥 넘길 수 없는 일이었다.

게다가 확실치는 않지만 그 배후에 동창이 있다는 소문마저 돌아 무림인들은 분노케 했다.

개중에는 관이 무림을 자신들의 손아귀에 움켜쥐려는 야욕을 드러낸 것이라 생각하는 이들도 있었다.

그와 더불어 무림인들 입에 오르내린 가장 큰 화제

거리는 바로 진운룡에 대한 것이었다.

그동안 명문대파들이나 세가들 사이에서는 암암리에 알려져 있었을 뿐 일반 무인들은 진운룡의 존재에 대해 아는 이들이 거의 없었다.

한데 이번에는 많은 사람들이 당시 싸움을 직접 목격했기에 진운룡에 대한 이야기가 알려지는 것을 더는 막을 수 없었던 것이다.

남궁린조차 한 수 접어야 했던 동창의 괴수를 마치 아이 다루듯 한 자.

겨우 이십 대에 불과한 나이에 등평도수(登萍渡水)와 호신강기를 사용하고, 십이천과 견줄 정도로 경천동지할 무위를 지닌 사내.

진운룡에 대한 소문 하나하나가 강호를 흔들어 놓기에 충분했다.

항상 새로운 영웅의 탄생을 갈망하는 젊은 무인들은 물론 중견 고수들에게까지 진운룡이라는 이름이 각인되기 시작했다.

진운룡을 직접 보기 위해 산동으로 향하는 청년들마저 있을 정도였다.

반면 남궁린의 위상은 그만큼 초라해질 수밖에 없었다.

적의 손에 납치되는 굴욕을 겪은데 이어, 또다시 습격을 받아 진운룡이 아니었다면 자칫 적의 괴수에게 목숨을 잃을 뻔했으니까.

모든 이가 다음 세대의 천하제일인이라 꼽던 그가 연달아 좌절을 겪은 것이다.

사람들은 흠집이 나 버린 보석을 보듯 남궁린을 외면하기 시작했다.

이 모든 게 남궁린에게는 익숙하지 않은 일이었다.

그럼에도 불구하고 남궁린의 모습은 전과 다름없었다.

결코, 조급해하거나 의기소침하지 않고 오히려 여유로워 보이기까지 했던 것이다.

그가 과연 어떤 생각을 하고 있는지 도무지 짐작할 수가 없었다.

그리고 대명호 사건이 있은 사흘 후 드디어 남궁진천이 황보세가에 도착했다.

*　　　　*　　　　*

황보세가가 지진이라도 난 듯 들썩였다.

무림맹주이자 현 정도 무림 제일의 고수인 남궁진천

일행이 방문했기 때문이었다.

일행은 서른 명 정도의 규모로 단출했으나 그 면면은 대단해서 하나하나가 모두 무림을 들었다 놨다 할 수 있을 정도의 인물들이었다.

남궁진천을 비롯해 무림맹의 중추이자 군사인 제갈 휘, 맹주를 호위하는 수신십좌(守神十座)의 수장 왕문과 그를 따르는 십좌, 개방의 태상장로이자 무림 십이천(十二天)의 한 명인 풍신(風神) 홍무생, 강호 삼대신의 중 한 사람인 천의(天醫) 곽도명, 화산파의 장로이자 현 화산 장문인 매화진인 임혁군의 사형인 조윤, 무당의 장문제자이자 남궁린과 함께 후기지수 중 제일을 다투던 무당신룡 운현, 그리고 무림오화 중 한 명이자 홍무생의 손녀로 스물하나의 나이로 여중제일권이라 일컬어지는 홍혜란이 그들이었다.

그중에서도 맹주 남궁진천과 풍신 홍무생의 존재감은 단연 압도적이었다. 하지만 이 두 사람 못지않게 모든 이들의 시선을 끈 이가 있었는데, 바로 홍무생의 손녀인 무봉(武鳳) 홍혜란이었다.

그녀는 육 척이 넘는 큰 키에 탄력 있고 육감적인 몸매를 가지고 있었다.

게다가 무림오화에 들 정도로 미모 또한 출중해서 마

치 광휘가 뻗어 나오는 듯한 착각이 들 정도였다.

같은 무림오화로 꼽히는 모용주란과는 또 다른 아름다움이었다.

모용주란이 화려하고 정교하게 다듬어 놓은 보석과 같다면, 홍혜란은 압도적이면서도 묘하게 사람들을 끌어당기는 빠져나올 수 없는 늪과 같은 여인이었다.

미모 외에도 그녀가 사람들 입에 오르내리는 또 다른 이유는 바로 무공이었다.

여중제일권이라는 수식어에 걸맞게 어린 나이에 이미 초절정의 경지를 넘어선 그녀였다.

이는 후기지수들 중에서도 옥기린 남궁린, 무당의 운현과 함께 거의 수위를 다투는 실력이었다.

뛰어난 무공처럼 성격 또한 화통해서 어지간한 사내들을 압도하는 여장부였다.

가주인 황보혁군을 비롯 많은 이들이 대문 밖까지 나와 남궁진천 일행을 맞이했다.

"먼 길 오시느라 수고가 많으셨소이다, 맹주. 풍신께서도 그간 별고 없으셨지요?"

황보혁군이 반가운 얼굴로 남궁진천에게 인사했다.

남궁진천은 이미 팔십이 넘은 나이였지만, 외모는 고

작해야 오십대로밖에 보이지 않았다.

반백의 머리. 고집스러운 입술과 깊은 눈매가 사람들에게 범접할 수 없는 위압감을 풍기고 있었다.

반면 풍신 홍무생은 팔 척에 가까운 큰 키에 어울리지 않는 익살스러운 외모를 가진 노인이었는데, 호기심 어린 얼굴로 여기저기를 연신 살피는 모습이 마치 개구쟁이 아이를 보는 듯 했다.

"우리 린이가 가주께 신세를 많이 졌구려. 내 이 은혜는 잊지 않도록 하리다."

황보혁군의 인사에 답례한 남궁진천의 시선이 곧바로 손자에게로 향했다.

그에게는 눈에 넣어도 아프지 않은 똑똑하고 잘난 손주였다.

"걱정을 끼쳐드려 죄송합니다, 할아버님."

남궁린이 허리를 깊숙이 숙이며 죄를 청했다.

"내게 미안해할 것 없느니라. 나는 네가 이렇게 무사한 것만으로 되었다. 널 납치한 간악무도한 무리들을 내 손으로 직접 처단하지 못한 것이 분할 따름이야."

남궁진천이 따뜻한 눈으로 자신의 손주를 바라봤다.

평상시 철의 군주라 불리며 모든 무인들을 두려움에 떨게 하는 그에게서 찾아보기 쉽지 않은 얼굴이었다.

"쯧쯧, 강호를 벌벌 떨게 하는 무림맹주라는 자가, 제 새끼 앞에서는 팔불출이 따로 없구만그래. 큭큭."

홍무생이 눈을 흘기며 남궁진천을 놀렸다.

두 사람은 어린 시절부터 두터운 교분을 나눠 온 오랜 친우였다.

"손녀 자랑하는 자네만 할까?"

싫지 않은 얼굴로 남궁진천이 말했다.

"후후, 빼어난 미모면 미모, 성격이면 성격, 게다가 무공까지! 우리 혜란이야말로 어디 내놔도 빠지지 않지! 암! 그렇고말고!"

팔불출 타령을 하며 남궁진천을 놀리던 그도 자신의 손녀 이야기에는 침을 튀겨 가며 열을 올렸다.

"남궁 오라버니 무사하셔서 다행이에요."

홍혜란이 맑은 목소리로 남궁린에게 인사했다.

두 사람은 조부들의 친분 때문에 어렸을 때부터 오누이처럼 지내던 사이였다.

"고맙다."

남궁린이 미소 띤 얼굴로 답했다.

"아, 글쎄. 네 녀석이 구출되었다는 이야기를 듣자마자 혜란이 요것이 얼마나 보채던지, 나까지 덩달아 예까지 오게 되지 않았더냐?"

"다른 사람도 아닌 남궁 오라버니 일인데 당연하지요. 제가 아니면 누가 남궁 오라버니를 챙기겠어요?"

홍무생의 놀림에도 홍혜란은 안색 하나 변하지 않고 대꾸했다.

"호, 홍 매……."

남궁린이 난감한 얼굴로 머리를 긁적였다.

"한데 오는 도중에 대명호에서 동창과 사건이 있었다 들었다만? 어떻게 된 일이냐?"

얼굴에 미소를 거둔 남궁진천이 정색하며 물었다.

그의 눈에서는 어느새 차가운 한기가 흘러나오고 있었다.

조정의 개가 감히 무림을 그것도 자신의 소중한 손자를 겁도 없이 건드리다니, 결코 용납할 수 없는 일이었기 때문이다.

"저를 노린 것이 아니라 아마도 일전에 소녀들 납치 사건에 대한 복수로 진 공자를 노린 듯합니다."

남궁린의 말에 그제야 생각났다는 듯 남궁진천이 눈을 크게 떴다.

"진 공자라면 너를 구해 준 진운룡이라는 청년을 말하는 것이냐?"

"그렇습니다."

"허허, 이런 정신 좀 보게. 너한테 정신이 팔려서 은인을 잊고 있었구나."

남궁진천의 시선이 주변을 훑었다.

"흠, 흠, 이곳에는 자리하지 않았소이다, 맹주."

황보혁군이 겸연쩍은 얼굴로 말했다.

아직 한참 어린 진운룡이 무림의 큰 어른이 오는데 코빼기도 비추지 않았으니 어찌 보면 실례되는 일이었기 때문이다.

"하하, 괜찮소. 남궁가의 후계자를 구했으니, 가문의 은인일진데 오히려 내가 직접 찾아가 고마움을 표시해야 옳소이다. 지금 그 아이는 어디 있소?"

"크흠, 맹주 아무리 은인이라 하지만 이제 막 강호에 발을 디딘 신출내기에게 정도무림맹의 수장이 머리를 숙이고 들어가는 것은 모양새가 그리 좋지는 않습니다."

화산의 장로 조윤이 눈살을 찌푸리며 말했다.

"장로님의 말씀이 옳습니다. 오늘 맹주께서는 남궁가의 태상가주가 아닌 무림맹주의 자격으로 이곳에 오신 것이지 않습니까?"

군사 제갈휘가 조윤의 의견에 동조했다.

"이런, 이거 너무 내 생각만 했군그래."

남궁진천이 자신의 머리를 두드렸다.

오늘 황보세가에 온 용무는 자신의 손주의 안위를 확인하기 위함도 있었으나, 그보다는 최근 산동에서 일어난 심상치 않은 사건들에 대해 직접 확인하고 대책을 세우기 위함이었다.

"일단 안으로 드십시다. 수의각에 자리를 마련해 놓았으니 진 공자에겐 그리로 오라 전갈을 넣으면 되지 않겠소?"

황보혁군의 말에 일행이 고개를 끄덕였다.

"일단 황보가주 말대로 하는 게 좋겠소."

남궁진천은 일행과 함께 황보혁군을 따랐다.

＊　　　　＊　　　　＊

"무림맹주 남궁진천이 왔다는데 안 나가 봐도 되겠어요?"

"내가 왜?"

소은설의 물음에 진운룡이 영문을 모르겠다는 얼굴로 되물었다.

"다른 사람도 아니고 무림맹주라고요! 무림맹주! 게다가 천하제일고수란 말이에요! 남궁 공자 때문에 일부러 방문한 것이니 아마도 그를 구한 진 공자를 만나 보고 싶어 할 거예요. 혹시 알아요? 큰 보상이라도 해 줄지?"

진운룡은 시큰둥한 얼굴로 소은설을 바라봤다.

"날 만나고 싶다면 직접 찾아오면 될 것 아닌가? 그리고 보상 따위는 어차피 필요도 없고."

"허……."

소은설이 어이없다는 얼굴로 말을 잇지 못했다.

"크하하하! 역시 이 적산의 주인답소! 무림맹주에게 보고 싶으면 직접 찾아오라니. 크크크크!"

적산이 즐거운 듯 통쾌한 웃음을 터뜨렸다.

"오! 역시 진 공자님은 화끈하십니다! 그깟 무림맹주가 별거입니까? 하하하! 목마른 사람이 우물을 파는 법 아닙니까?"

구학이 이때다 하고 얼른 진운룡의 비위를 맞췄다.

진운룡의 능력을 직접 눈으로 확인한 그에게는 이제 진운룡은 마치 신과도 같은 존재였다.

"진 공자님!"

그때, 숙소 마당으로 황보영천이 나타났다.

진운룡이 눈살을 찌푸렸다.

자신을 부르러 온 것이 빤했기 때문이다.

"수의각에서 이번 사건에 대한 회의가 있는데 공자께서도 참석을 해 주셨으면 합니다. 아무래도 이번 사건에서 가장 많은 공을 세우시고 놈들을 직접 상대한 분이 진 공자가 아닙니까? 진 공자께서 겪으신 경험을 이야기해 주신다면 놈들을 상대하는 데 큰 도움이 될 것입니다."

진운룡의 성격을 어느 정도 파악하고 있는 황보영천이었기에 절대 남궁진천이 부른다거나 하는 이야기는 꺼내지 않았다.

황보영천이 이렇게 나오자 진운룡으로서도 억지로 거부할 명분이 없었다.

"그래요. 어차피 당신도 놈들을 잡아야 하잖아요? 서로 정보와 의견을 교환하면 많은 도움이 될 거예요."

소은설의 말에 진운룡이 고개를 끄덕였다.

진운룡의 무공이 강한 것은 사실이었으나, 천재적인 머리를 가지고 있는 것은 아니었다.

숨어 있는 자들의 정체를 밝히는 것은 무공과는 별개의 문제였다.

한 사람보다는 여러 사람이 머리를 맞대고 정보를 교환하는 편이 분명 나았다.

"진 공자께서도 놈들을 잡을 생각이십니까? 역시 공

자께서는 의를 행하시는 데 앞장서시는 대인이십니다!
진 공자께서 나서 주신다면 놈들을 상대하는 것이 훨씬
수월해질 겁니다!"

황보영천이 기쁜 얼굴로 말했다.

물론, 진운룡은 결코 강호의 안녕이나 의를 행하기
위해 놈들을 잡으려는 것이 아니었다.

단지 혈신대법의 비밀을 밝혀 내려는 목적이었다.

하지만 굳이 황보영천에게 그에 대해 설명해 줄 필요
성은 없었기에 일단 오해하도록 놔두기로 했다.

"수의각이 어딘가?"

"아! 저를 따라오시지요."

그제야 자신이 이곳까지 온 목적을 떠올린 황보영천
이 앞장서서 수의각을 향해 걸음을 옮겼다.

                    *   *   *

황보세가 수의각(豎意閣).

족히 이백여 평은 됨직한 넓은 대전에 모인 사람들
사이로 무거운 긴장감이 감돌고 있었다.

대전 중앙 용좌에 자리하고 있는 인물 때문이었다.

남궁진천!

현 정도 무림의 일인자.

천산마교의 교주 하우광과 함께 십이천의 꼭대기에 있는 절대고수.

무림맹 맹주로 돌아온 그의 분위기는 자신의 손자를 대할 때와는 전혀 달랐다.

눈빛만으로도 좌중을 압도하는 절대자의 풍모를 드러내고 있었다.

"놈들의 정체에 대해 짐작이 가는 것은 있소?"

남궁진천이 황보혁군에게 물었다.

남궁진천 개인에게 중요한 것은 손자인 남궁린의 안위였으나, 무림맹의 맹주로서 살펴야 할 가장 시급한 문제는 사건의 배후에 있는 세력의 정체가 무엇인가였다.

제남까지 걸음을 재촉하면서 접한 정보들은 어느 하나 허투루 넘길 수 없는 수준의 것들이었다.

황포의원 방화로 수많은 이들을 죽이고, 무림인 납치, 피를 흡수하는 괴공을 사용하는 등 이대로 간과한다면 필시 강호의 근간을 흔들 만큼 위험한 암중 세력이 존재하고 있음이 분명했다.

"무척 용의주도한 놈들이오. 사로잡은 졸개들의 경우 아는 것이 거의 없었고, 그마저도 괴상한 금제가 걸려 있어서 이야기하기도 전에 모두 머리가 터져 죽고 말았소. 심지어 장원을 통째로 무너뜨려 증거나 흔적을 모두 지워 버리기까지 했소이다."

황보혁군이 미간을 찌푸리며 고개를 절레절레 흔들었다.

"게다가 그 피를 흡수하는 기괴한 술법은……."

단 하나의 진에 어지간한 중소문파 하나 정도는 쉽게 쓸어버릴 수 있는 비천대가 거의 괴멸되다시피 했다.

특히 비천대는 은신과 잠입에 특화된 조직이다.

물론, 진운룡에 대한 호승심으로 인해 너무 서둘렀던 것도 있었으나, 그만큼 놈들이 사용한 술법이 무섭고 위력적이었다는 이야기였다.

"뿐만 아니라 제가 들은 바로는 최근 제남 뒷골목에는 피가 빠져나간 시신들이 한꺼번에 다섯 구나 발견되었다는 흉흉한 소문이 돌고 있습니다. 아무래도 놈들과 연관된 것이 아닌가 여겨집니다."

신웅이 긴 수염을 쓰다듬으며 걱정스러운 얼굴로 말했다.

순간, 홍혜란의 눈동자가 빛났다.

그녀는 속으로 혀를 찼다.

누군가 경솔하게 움직인 것이 분명했다.

"피를 흡수해서 힘을 증폭시킨다? 군사는 이것에 대

해 들어 본 적이 있는가?"

그때, 남궁진천이 조금은 무거운 목소리로 제갈휘에게 물었다.

"마교나 세외의 세력들 중에는 기이한 술법과 괴공을 사용하는 이들이 많습니다. 흡정마공(吸精魔功)이라든지 동남동녀의 정기를 흡수해서 공력을 쌓는다든지 하는 것이지요. 또한 지금은 그 자취를 찾을 수 없으나 백여 년 전에 활동하던 밀교나 배교, 그리고 혈교가 인간의 피를 이용해 공력을 쌓는 방법을 사용했다고 알려져 있습니다."

"그렇다면 마교나 세외 세력의 짓일 가능성도 있다는 이야긴가?"

"그렇진 않습니다."

"어째서인가?"

"마교의 경우 흡정마공을 이미 금지마공으로 지정한 지 오래입니다. 사실 그들조차도 마공의 위험성을 감당하기가 쉽지 않았기 때문입니다. 과거 흡정마공을 익힌 마인들은 그 마성을 이겨 내지 못해 적아를 구분하지 않고 피에 미쳐 날뛰었지요. 결국 더 큰 피해를 본 것은 마교였습니다. 제어할 수 없는 힘은 양날의 검과 같아서 스스로를 다치게 만들 뿐입니다. 그런 것을 하우

광이 바보가 아닌 이상 지금에 와서 위험을 무릅쓰면서까지 굳이 다시 시도할 이유가 없습니다. 게다가 세외 세력은 현재 그들끼리 영역 다툼을 하느라 중원에 신경 쓸 겨를이 없는 상태입니다."

"하기야 세외는 지금 제 놈들끼리 피 튀기게 세력다툼을 하느라 정신이 없는 상태니 이런 일을 버릴 여유가 없겠지. 마교 역시 우리 애들이 계속 지켜보고 있지만 별 움직임은 없고 말이야."

풍신 홍무생이 고개를 끄덕이며 말했다.

다른 사람도 아닌 개방 태상장로의 말이다.

개방의 정보는 양도 양이지만 그 신뢰도, 즉, 정확성에서 타의추종을 불허했다.

당연히 누구도 반론이나 의심을 제기하지 않았다.

"그렇다면 과거 사교의 잔당들이 음지에서 다시 몸을 일으키고 있다는 말인가?"

남궁진천이 서늘한 눈빛으로 물었다.

"그럴 가능성이 높다고 생각합니다. 아니면 그들의 유산을 발견한 다른 누구일 수도 있습니다. 현재로서는 그 정도가 우리가 추측할 수 있는 전부입니다."

"사교라……. 사실 우리 개방에서도 요즘 그쪽을 조사하고 있는 중이긴 한데, 놈들이 워낙에 쥐새끼처럼 은밀해서 꼬리를 잡기가 쉽지 않아. 하지만 한 군데 의심이 가는 곳은 있지."

홍무생의 말에 모두의 시선이 향했다.

"천사교 말이네. 자네들도 들어는 봤겠지? 요즘 사이비 종교가 백성들을 선동하고 민란을 일으킨다는 소문 말이야."

"최근 우리 역시 그들에 대해 조사하던 차였소이다. 수상한 점이 한두 군데가 아니오."

황보혁군이 굳은 얼굴로 말했다.

"점조직으로 이루어진 터라 아무리 교도들을 잡고 족쳐도 대체 놈들의 배후에 누가 있는지 알 수가 없어. 심지어는 천사가 누구인지조차 아직 알아내지 못했네. 그런데도 불구하고 신도들의 숫자가 기하급수적으로 늘어나는 것을 보면 참으로 재밌지 않은가?"

홍무생이 흥미롭다는 얼굴로 말했다.

교주는 곧 그 종교의 얼굴이다.

종교에서 교주라는 존재가 무엇인가?

종교는 신을 믿는 것이다.

하지만 그 누구도 신을 직접 보지는 못하고 신이 어떠한 존재인지 알지를 못한다.

보지 못하고 알지 못하는 존재를 어떻게 믿을 수 있

겠는가?

그래서 필요한 것이 바로 교주와 성직자다.

그들은 신의 대리인이며, 현세에 강림한 신의 사자다.

신을 대신하여 교도들이 직접 보고 믿을 수 있는 존재인 것이다.

한데, 교도들조차 교주의 정체를 모른다니 상식과는 전혀 어긋나는 일이었다.

"소문에 의하면 일반 백성들도 천사교에 들어가면 천사의 은총으로 순식간에 무림고수가 된다고 하오. 실제로 민란을 일으킨 무리 중 얼마 전까지 농사만 짓던 이들이 갑자기 이류 이상의 무인으로 탈바꿈한 사례가 적지 않게 발견되었소."

황보혁군이 심각한 어조로 말했다.

무공의 무자도 모르는 일반 백성들을 단 몇 달 만에 이류 무사로 둔갑시킨다는 것은 참으로 놀라운 일이었다.

"이번 사건에 나타난 적들이 피를 흡수해서 무공을 갑자기 늘렸다는 것을 보면 천사교가 그와 관계가 있을 가능성이 높겠구려."

화산 장로 조윤이 걱정스러운 얼굴로 말했다.

"이번 대명호에서 린이를 습격한 자들의 수괴(首魁)도 피를 흡수하는 괴술법을 사용했다 하지 않았소?"

남궁진천의 물음에 황보혁군이 고개를 끄덕였다.

"그렇소이다."

"하지만 놈은 동창이라 들었는데? 그렇다면 천사교와 동창이 관련이 있을 수도 있다는 이야기군."

남궁진천의 눈썹이 위로 치켜 올라갔다.

"린이 네가 직접 겪어 봤으니 잘 알겠구나? 어떠하더냐?"

"둘 다 피를 흡수하는 마공을 사용하긴 했으나, 무공은 전혀 달랐습니다. 게다가 대명호를 습격한 자들의 태도로 보아 방염과는 서로 알지 못하는 것으로 보였습니다."

"흠……. 사교의 무리와 동창이라……."

두 세력이 연관이 있을 경우든, 그렇지 않을 경우든 어쨌든 그들의 움직임이 강호에 위협이 되는 것만은 분명했다.

"사교라……. 그 말을 들으니 갑자기 예전에 오지랖 넓던 사부께 들었던 이야기가 생각나는군. 혹시 혈마라고 들어 봤나?"

홍무생이 무언가 생각난 듯 말했다.

"혈마? 백 년도 훨씬 전에 강호를 피로 물들였다는 그 대마두 말인가?"

남궁진천이 이채를 띤 얼굴로 물었다.

혈마에 대한 이야기는 거의 전설처럼 전해져 오고 있었다.

당시 무림이 입은 피해는 이루 말할 수 없을 정도였다고 한다. 명문대파들 중 몇몇은 아직도 그때의 피해를 완전히 회복하지 못한 곳도 있었다.

"그래, 그 혈마 말이야. 전해지는 이야기에 따르면 그자를 추종하던 마인들이 흡혈마공을 사용했다고 하더군."

"그러고 보니……"

남궁진천의 눈동자가 빛났다.

그도 익히 알고 있는 이야기였다.

"설마 놈들이 혈마를 추종하던 세력의 후예들일 가능성도 있단 말입니까?"

황보혁군이 굳은 얼굴로 말했다.

혈마를 따르던 혈교의 무리가 다시 세상에 나오려는 것이라면 문제는 더욱 심각했다.

자칫 백삼십여 년 전 혈사가 되풀이 되기라도 한다면 또 얼마나 많은 이들이 목숨을 잃게 될지 알 수가 없었다.

게다가 행여 또 다른 혈마가 나타나기라도 한다면 무림의 안위조차 장담할 수 없는 일이었다.

당시에도 혈마가 갑자기 모습을 감추지 않았다면 전 무림은 피에 잠겼을 가능성이 높았다.

그만큼 혈마의 능력은 가공스러웠고, 그를 막을 수 있는 이는 없었다.

"설마 혈마가 아직 살아 있는 것은 아니겠지……."

홍무생이 눈을 가늘게 뜨며 중얼거렸다.

갑자기 사라진 이후로 혈마는 모습을 드러내지 않았다고 한다.

그렇다고 생사가 확인된 것도 아니다.

무슨 이유 때문인지 모르지만 그동안 잠적해 있던 혈마가 다시 세상에 나오려는 것일 가능성도 충분히 있었다.

물론, 당시 혈마의 나이가 오십이 넘었고, 이미 백삼십여 년이 지난 지금이면 이백 살에 가까운 나이일 것임을 생각하면 거의 불가능한 일이기는 하지만 말이다.

"사실 그때 혈마에 대한 이야기는 의문점들이 많습니다."

제갈휘가 석연치 않은 표정으로 말했다.

"당시 벌어졌던 사건의 규모에 비해 전해지는 이야기는 얼마 되지 않지요. 각 문파의 수장들이 함구하기로 결의를 했기 때문인데, 아마도 자신들의 굴욕스러운 역사를 숨기고 싶었던 이유이겠지요. 하지만 그것을 감안한다 해도 혈마에 대한 정보는 너무 적습니다. 게다가 강호를 뒤흔들다시피 했던 대마두가 어느 날 갑자기 사라지다니…… 도무지 이해할 수 없는 일입니다. 혈교의 추종세력 역시 어떻게 되었는지 전혀 기록이 없지요. 마치 누군가 아니 무림 전체가 혈마와 혈교가 존재했다는 흔적을 세상에서 지워 버리기라도 한 것처럼 말입니다."

남궁진천과 홍무생이 고개를 끄덕였다.

그러고 보니 혈마로 인해 입은 피해에 대해서만 전해질 뿐, 그 외에 혈마나 혈교의 행적이나 그 정체에 대해서는 별로 전해지는 것이 없었다.

그저 마인들이었고 흡혈마공을 사용했다는 정도가 알려진 전부였던 것이다.

혈마가 죽은 것도 아니고 스스로 사라졌다.

즉, 언제 다시 돌아올지 알 수 없는 상황이었다.

그렇다면 미리 그에 대한 대비를 하고 혈마의 종적을 추적하는데 전 강호가 총력을 다하는 것이 정상적인 반응이었다.

한데, 오히려 그냥 아무 일도 없었던 것처럼 모든 것을 은폐하고 혈마라는 존재를 이미 없는 사람인 것 마냥 취급했다는 것은 도무지 이해할 수 없는 대응이었다.

"어쨌든 분명한 사실은 혈마가 죽었다는 기록은 어디에도 남아 있지 않다는 것입니다. 그리고 그 추종 세력 역시 마찬가지지요."

"맞아. 이 늙은이도 그래서 이번 사건을 듣고 흡혈마공을 떠올린 것이야."

홍무생이 제갈휘의 말에 맞장구를 쳤다.

"혈마라……."

남궁진천의 미간에 주름이 일었다.

그때였다.

"진 공자를 모셔 왔습니다."

황보영천이 진운룡을 데리고 수의각으로 들어왔다.

수의각 안의 모든 시선이 순식간에 진운룡에게로 집중되었다.

진운룡의 이름은 각 문파의 수뇌부들 사이에 최근 들어 가장 많이 오르내리고 있었다.

암중 세력의 정체가 드러난 것 역시 진운룡 때문이었

고, 남궁린을 비롯 납치된 무인들과 소녀들을 구한 것
도 그였다.

진운룡을 바라보는 황보세가 무사들의 눈빛에는 경외
감마저 담겨 있었다.

"허······. 이거 생각했던 것 보다 더 어리지 않은가?
게다가 무인이라기보다는 기생오라비 같은 저 이쁘장한
외모하며······."

홍무생이 흥미로운 얼굴로 진운룡을 바라봤다.

평상시에도 궁금한 것은 참지 못하는 그답게 표정에
진한 호기심이 담겨져 있었다.

"처음 뵙겠습니다. 진운룡이라 합니다."

진운룡은 비교적 공손하게 남궁진천과 일행에게 인사
했다.

이왕 협력을 하기로 마음을 먹었으면 굳이 분란을 만
들 이유는 없었기에 일단은 적당히 예의를 차리기로 한
것이다.

하지만 그의 얼굴에는 귀찮아 하는 기색이 역력했다.

화산파 장로 조윤이 눈살을 찌푸렸다.

반면 남궁진천은 깊이 침잠한 눈으로 진운룡을 바라
봤다.

대전에 잠시 정적이 흘렀다.

남궁진천의 입이 천천히 열렸다.

"놀랍군. 나로서도 그대의 경지를 파악할 수 없다니……."

충격적인 이야기에 대전이 술렁거렸다.

"허…… 천하의 남궁진천이 경지를 파악할 수 없다?"

홍무생이 믿을 수 없다는 얼굴로 말했다.

남궁진천의 자타가 공인하는 정파 제일의 고수.

이미 현경을 넘어선 그가 경지를 파악할 수 없다는 것은 진운룡이 무언가 특수한 수단으로 자신의 경지를 감추고 있거나, 아니면 최소한 남궁진천과 동급의 실력을 가지고 있다는 이야기였다.

도저히 믿어지지 않는 소리에 사람들은 자신의 귀를 의심했다.

그들은 아마도 첫 번째 경우일 것이라 짐작했다.

진운룡이 특수한 방법으로 자신의 경지를 숨기고 있을 것이라 여긴 것이다.

남궁진천 역시 마찬가지였다.

"아마도 제가 익힌 무공이 좀 특수해서 일반적인 기운과는 다른 터라 그럴 것입니다."

굳이 실력을 드러내고 싶은 마음이 없었기에 진운룡

이 대충 둘러 댔다.

예전 경험으로 인해 모난 돌이 정을 맞는다는 사실을 너무도 잘 알고 있었기 때문이다.

물론 이미 드러낸 신위만 해도 모두의 주목을 받기에 충분했다.

하지만 아직까지는 십이천이나 각 문파의 은거 기인들이라면 그다지 놀라울 것도 없는 능력들이었다.

하지만 진운룡의 진정한 실력이 드러난다면 상황은 변할 것이다.

'두려워서 잡아먹으려 들 테지.'

오랜 기억이 떠오른 진운룡이 속으로 씁쓸한 웃음을 지었다.

"특수한 무공이라?"

그때 남궁진천이 눈을 빛내며 말했다.

"린이의 은인에게 미안한 일이지만 잠시 자네를 시험해 보겠으니 양해 바라네!"

우우우우웅!

순간 남궁진천을 중심으로 대기가 일렁이기 시작했다.

구우우웅!

동시에 한 줄기 강력한 무형의 기운이 진운룡을 옭아

맺다.

남궁진천이 진운룡의 능력을 가늠해 보려 무형지기(無形之氣)를 발출한 것이다.

현경의 고수가 발출한 무형지기.

당사자가 아닌 주변의 사람들에게도 그 막강한 압력이 느껴질 정도였다.

하물며 직접 무형지기를 받아 내야 하는 진운룡이 받는 압력은 어떻겠는가.

하지만 상대는 다른 사람이 아닌 진운룡이었다.

고금 제일 마두로 불리는 혈마를 죽였으며, 이백 년이 넘는 세월을 살아온 반로환동의 고수가 바로 그니까.

당연히 남궁진천의 직접적인 공격도 아닌 무형지기 정도로는 그에게 그다지 큰 영향을 미치지 못했다.

대신 진운룡은 고민에 빠졌다.

자신의 실력을 어디까지 드러낼 것인가 하는 문제 때문이었다.

결국 진운룡은 지금까지 드러난 경지만큼만 보여 주기로 결정을 내렸다.

"제법이군!"

탄성과 함께 남궁진천이 쏘아 내는 무형지기의 양이

더욱 증가했다.

"호오! 이거 정말 놀랍군. 이제 갓 스무 살이나 되었을까 싶은 애송이가 무형지기를 받아 내다니!"

홍무생이 상기된 얼굴로 진운룡을 바라봤다.

수의각 안에 모인 다른 이들도 흥미로운 표정으로 두 사람의 대치를 지켜봤다.

그중에는 홍혜란도 있었다.

그녀는 눈을 빛내며 진운룡의 이모저모를 자세히 살폈다.

'진운룡 과연 어디까지 버텨 낼 수 있을까?'

진운룡의 진정한 실력을 알아야 상대할 계획을 제대로 세울 수 있었다.

구우우우우우웅!

압력이 점점 커지고 자리한 이들 중 공력이 약한 사람들은 인상을 찌푸리기 시작했다.

휘청!

"크읍!"

그때, 진운룡이 신음과 함께 뒤로 한 걸음 밀려났다.

동시에 사위를 누르던 압력이 씻은 듯이 사라졌다.

"이런……. 괜찮은가? 이거 못난 늙은이가 흥이 돋

아 너무 심하게 손을 썼군그래."

남궁진천이 비틀대는 진운룡을 보며 걱정스러운 목소리로 말했다.

"아닙니다. 잠시 내기가 흩어졌을 뿐입니다."

진운룡이 씁쓸한 얼굴로 입맛을 다시며 말했다.

"허허허, 참으로 대단하군! 그 나이에 화경을 훌쩍 넘어선 무위라니! 우리 린이야말로 수백 년에 한 번 나올까 말까 하는 천하의 기재라고 생각했는데, 진정한 기재는 따로 있었군! 그대와 린이가 동시대에 존재한다는 것은 하늘이 우리 정도 무림의 미래를 축복하고 있음이야!"

남궁진천이 찬사를 연발했다.

"게다가 하는 짓도 이쁘고 말이야, 후후후."

홍무생이 게슴츠레한 눈으로 말했다.

뛰어난 실력을 가진데다 이미 여러 차례 다른 이들을 구하는 데 앞장섰다는 사실이 마음에 들었던 것이다.

물론, 진운룡의 본래 성격을 알았다면 결코 그리 생각하지는 못했을 것이다.

진운룡은 온몸에 닭살이 돋는 것을 간신히 참으며 조용히 고개를 숙여 감사를 표했다.

이백 살이 넘은 나이에 정도 무림의 미래 어쩌고저쩌

고 하는 이야기를 듣게 되었으니 어쩌면 당연한 반응이었다.

"우리 린이를 구해 준 것에 대해서는 진심으로 감사를 표하네, 하나 지금은 일단 최근 무림을 흔들고 있는 암중세력에 대해 알아보고자 자네를 부른 것이니 일단은 그에 대해 이야기해 주게. 손자 녀석의 일은 차후에 따로 자네에게 고마움을 표시하도록 하겠네."

진운룡은 귀찮은 마음을 애써 감춘 채 남궁진천들의 질문에 대답했다.

대부분 피를 흡수하는 수법과 놈들의 무공 수준에 대한 질문이었다.

지루하고 짜증스러운 질의는 무려 이각 가까이나 지나서야 끝이 났다.

"으음……."

남궁진천이 턱을 괸 채 생각에 잠겼다.

"무림맹에서는 혹시 놈들의 정체에 대해 짐작이 가는 것이 있습니까?"

진운룡은 넌지시 자신에게 필요한 물음을 던졌다.

귀찮음을 참아 가며 이곳에 온 이유는 무림맹과 개방의 정보를 얻고 혈신대법을 사용하는 무리들을 추적할 실마리를 얻기 위해서였다.

더불어 무림맹의 도움까지 얻을 수 있다면 금상첨화였다.

어차피 무림맹에서도 그들의 정체를 캐내려 할 것이고, 그렇다면 슬쩍 끼어들어 이들이 가지고 있는 세력과 정보력, 조직을 이용하는 것도 괜찮았다.

"자네는 혹시 혈마에 대해 들어 본 적이 있는가?"

그때, 홍무생이 진운룡에게 물었다.

혈마라는 이름에 진운룡의 머릿속에 지우고 싶은 기억들이 다시 되살아났다.

피의 저주.

그를 미치게 만들던 피 냄새.

그리고 광기.

이미 깨달음을 얻어 인간의 경지를 벗어난 진운룡조차도 쉽게 떨치지 못할 정도로 깊고 치명적인 저주였다.

만일 진운룡이 아닌 다른 이였다면 벌써 또 다른 혈마가 되었을 것이다.

거기에는 제갈여령의 도움도 한몫을 했다.

그녀는 마치 자신의 일처럼 진운룡의 저주를 풀어 주기 위해 온 힘을 다했다.

혈마가 남긴 비급들과 자료들을 찾아낸 것도 그녀였다.

천령안을 이용해 혈마의 비밀 금고를 찾아낸 것이다.

비급의 내용 또한 그녀가 아니었으면 알아볼 수 없을 정도로 오래된 고대 문자들이었다.

두 사람은 혈신대법에 대해 함께 연구하면서 급속도로 가까워졌다.

'여령⋯⋯.'

진운룡의 얼굴에 그림자가 드리워졌다.

"하기야 당연히 들어 봤겠지. 워낙 난장질을 친 대마두니까 말이야."

진운룡의 어두운 표정이 혈마에 대해 들어 본 탓이라 지레 짐작한 홍무생이 말을 이었다.

"우린 최근 사건들에 혈마를 따르던 쥐새끼들이 관여되어 있을 가능성이 높다고 여기네."

홍무생의 목소리에 진운룡은 상념에서 깨어났다.

진운룡도 의심하고 있던 일이지만, 방염이나 오 사령의 경우 모두 혈마에 대해 모르는 듯했던 것이 마음에 걸렸다.

그들의 표정이 결코 거짓으로 보이지 않았기 때문이다.

그런 진운룡의 마음을 눈치채지 못한 홍무생이 말을 이었다.

"동창의 계집들이 걸리기는 하지만, 혈마의 잔당이 동창에 침투했을 가능성도 있으니 그다지 이상할 것도 없지. 문제는 과연 이 빌어먹을 놈들의 꼬리를 어떻게 잡느냐인데……."

홍무생이 잠시 말을 멈추고 입술에 침을 발랐다.

"지금까지 제일 의심스러운 것은 천사교라는 사이비 광신도 놈들이야. 특히 이곳 산동에 놈들을 추종하는 자들이 많아. 최근 산동 지방이 가장 민란이 빈번한 이유가 바로 놈들 때문이라 짐작하고 있네."

천사교라는 말에 진운룡의 눈동자가 빛났다.

"해서 요즘 개방에서도 놈들의 활동을 예의 주시하고 있어. 하지만 이놈에 잡것들이 워낙에 은밀해서 꼬리를 잡기가 쉽지 않다 이 말이지!"

홍무생이 짜증이 이는 얼굴로 말했다.

아마도 천사교를 추적하기 위해 상당히 심력을 허비했던 모양이었다.

'역시 천사교인가?'

현재로서는 가장 의심스러운 곳이었다.

"흥! 천하의 개방이 겨우 광신도 나부랭이에게 쩔쩔매다니! 용납할 수 없는 일이야!"

홍무생이 상기된 얼굴로 목소리를 높였다.

그 후로는 홍무생이 한탄을 하듯 천사교에 대한 이야기를 늘어놓았다.

그동안 얻은 정보와 개방이 그간 얼마나 고생했는지에 대한 넋두리가 이어졌다.

홍무생의 넋두리는 남궁진천이 개입을 하고서야 끝이 났다.

"자네와 개방의 수고는 잘 알겠네. 그렇다면 일단 천사교의 조직과 그 배후세력을 파악하는 것이 먼저군."

"크흠…… 그렇지. 아무래도 놈들이 가장 의심스러운 상황이니까."

홍무생이 멋쩍은 웃음을 지으며 말했다.

"맹의 정보각과 비첩대가 개방을 지원하도록 하지. 그 정도면 괜찮겠나?"

홍무생의 입가에 미소가 일었다.

"크큭큭, 괜찮다마다. 우리 애들이 이제 숨통이 좀 트이겠구만."

개방이 움직이는 데 있어 가장 걸림돌은 무공 실력이었다.

아무래도 수뇌부를 제외한 일반 걸개들의 수준은 다른 문파의 제자들에 비해 떨어지는 편이었다.

말단의 방도들은 말이 좋아 개방제자이지 아직 삼류

를 벗어나지 못한 자들도 많았다.

그러다 보니 추적에 한계가 있을 수밖에 없었다.

천사교의 경우 교령만 되어도 무림의 어지간한 고수들을 능가하는 실력을 보유하고 있었기 때문에 종적을 놓치기 일수였던 것이다.

반면 무림맹의 정보각과 비첩대에 소속된 대원들은 각 문파에서 고르고 고른 맹에서도 정예에 속하는 이들이었다.

그들과 개방의 광대한 정보망이 연계한다면 그간 벽에 부딪혔던 천사교에 대한 추적이 숨통을 트이게 될 것이다.

"군사."

"말씀하십시오, 맹주."

남궁진천의 부름에 제갈휘가 앞으로 나섰다.

"맹에 전서를 보내 비첩대와 정보각 인원들을 이곳으로 불러 드리도록 하게."

"존명!"

"아무래도 이번 일을 일으킨 놈들의 움직임이 심상치 않아. 일이 더 커지기 전에 서둘러 놈들을 색출할 필요가 있어. 혹시 모르니 의천대도 함께 움직이도록 명하게. 그리고, 팽가와 남궁세가, 소림에도 연락을 취해

지원을 요청하게."

장내에 모인 이들의 눈이 휘둥그레졌다.

아직 적의 실체가 확실히 드러나지도 않은 상황에서 마치 정마대전이라도 일어난 듯 어마어마한 전력을 움직이는 남궁진천의 처사가 과하다고 여긴 것이다.

"정신들 차리시게!"

그 모습을 본 홍무생이 호통을 쳤다.

"상대는 다른 누구도 아닌 혈마야, 혈마! 물론, 그 잔당에 불과할지 모르나, 놈들에 의해서 중원 무림이 사라질 뻔했다는 사실을 절대 잊어서는 안 되네. 호랑이는 토끼를 잡을 때도 전력을 다하는 것을 모르는가? 만일 놈들이 진정 혈마의 잔당들이라면 이 정도로도 확실히 안심할 수 없음이야!"

"풍신의 말씀이 옳소. 이번 사건들을 일으킨 자들의 능력만 해도 간담이 서늘할 정도였소. 하물며 그자들 배후에 있는 존재는 얼마나 강할지 짐작조차 되지 않소이다. 최선을 다한다는 말로도 부족한 상황이오."

황보혁군이 풍신의 말에 동의했다.

그제야 사람들은 자신이 상대해야 할 존재가 누구인지 조금씩 실감하기 시작했다.

천사교의 조사와 관련된 자세한 사안을 논의한 후

회의가 모두 끝났고, 진운룡 역시 숙소로 돌아왔다.

                  *   *   *

　숙소로 돌아온 진운룡은 잠시 생각에 잠겼다.

　생각했던 것에 비해 이번 사건들의 배후에 대해 무림맹에서 가지고 있는 정보는 거의 없었다.

　하지만 그렇다고 해서 얻은 것이 전혀 없는 것은 아니다.

　'천사교라…….'

　홍무생의 넋두리를 통해 천사교에 대한 정보를 제법 얻을 수 있었다.

　물론, 그래 봐야 워낙에 비밀스러운 조직인 터라 수박 겉핥기식에 불과했지만, 그 정도만 해도 진운룡이 혼자 조사하려면 한참 시간이 걸렸을 내용들이었다.

　천사교도들은 자신들만의 암구호를 이용해서 연락을 하고 모인다.

　또한 점조직으로 이루어져서 교도 중 하나를 잡아도 그 윗선을 파악하기가 쉽지 않다.

　항상 복면을 쓰거나 서신, 혹은 암표(暗標)를 사용해 지령을 전달하기 때문이다.

일반 교인들과 연결되는 이는 오로지 교령들뿐인데, 이들 교령들은 워낙에 신출귀몰할 뿐 아니라 수많은 교인들의 비호를 받으며 숨어 다니기 때문에 잡기가 무척 어려웠다.

게다가 그들이 직접 범죄를 저지르거나 그에 연루되었다는 증거가 없었기에 대놓고 그들을 잡아들일 수도 없었다.

물론, 개방에서 비밀리에 교령 중 하나를 추포한 적이 있었으나, 얻은 정보는 거의 없었다. 교령도 결국에는 천사교의 가장 말단에 불과해 알고 있는 것이 없었던 것이다.

그마저도 심문 도중 금제로 인해 죽고 말았다.

'그래도 무림맹이 움직이게 되었으니 놈들이 정체를 숨기는 데도 한계가 있겠지…….'

천사교의 실체를 잡아내지 못한다 해도 놈들에게 상당한 압박을 줄 것임에는 틀림없었다.

심한 압박을 받다 보면 반드시 놈들도 실수를 하게 되리라.

그 실수를 잡아내면 놈들의 꼬리를 잡을 수 있을 것이다.

'하오문에도 미리 얘기를 해 놔야겠군.'

정보는 많을수록 좋다.

물론, 자칫 풀숲을 건드려 뱀을 놀라게 하는 우를 범할 가능성도 있었으나, 이미 무림맹이 움직인 상황에서 은밀함을 따진다는 것은 어차피 별 의미가 없었다.

차라리 풀을 건드려 뱀이 튀어나오도록 하는 것이 지금으로서는 가장 좋은 방법이다.

어쨌든 목적했던 바는 모두 이룬 셈이었다.

6장
홍혜란

수의각을 나선 남궁진천과 풍신 홍무생은 남궁진천의 거처에서 따로 자리를 가졌다.

"자네는 진운룡이라는 아이에 대해 어떻게 생각하는가?"

남궁진천의 물음에 홍무생이 씨익 웃었다.

"재밌는 놈이야. 도무지 속을 알 수 없어. 건방진 듯하면서도 아주 싸가지가 없는 것은 아니고, 마치 노회한 늙은이처럼 목소리나 표정의 변화가 전혀 없어. 자네 손주 녀석도 대단하지만, 진운룡에 비하면 한참 부족할 정도야."

"자네는 그 나이에 그런 능력을 발휘할 수 있는 것이

과연 가능하다고 보나?"

남궁린이 의구심 어린 얼굴로 물었다.

"하기야 정말 믿기 어려운 일이지. 하지만 아주 불가능한 것도 아니지 않나? 과거 천마신교를 세운 천마라든지 소림의 신승으로 추앙받던 혜공 대사의 경우 스무 살에 화경의 경지를 돌파했지."

"그것은 전설에 불과하지 않나? 최근 백 년 동안, 아니 이백 년 전으로 거슬러 올라가도 그 아이와 같은 자는 없었어."

"또 다른 전설이 우리 시대에 나오지 말라는 법도 없지 않은가? 혹여 자네는 그 아이에 대해 다른 생각이라도 있는가?"

"만일 말일세……."

잠시 뜸을 들이며 망설이던 남궁진천이 말을 이었다.

"그 아이 아니, 그자가 나이 보다 어려 보이는 것이라면?"

홍무생의 얼굴에 웃음이 번졌다.

"하하하, 자네 혹시 그 아이가 반로환동이라도 했다고 생각하는 것인가?"

남궁진천이 아무 말 없이 홍무생을 쳐다봤다.

"정말 그렇게 생각하고 있는 것이로군! 허, 그게 말

이 된다고 보는가? 반로환동은 그야말로 이야기거리에 불과해. 무림 역사에 실제로 반로환동을 한 고수가 존재하던가? 그 대단하던 천마조차도 사십대의 외모를 가지고 있었다고 했어. 한데, 이십대의 외모로 반로환동을 하는 것이 가능할 리가 없지 않은가? 자네도 환골탈태를 겪어 봐서 알겠지만, 경지를 넘어서서 젊어지는 것에도 한계가 있는 법이야."

사실이 그러했다.

환골탈태를 겪은 남궁진천이 본래의 나이보다 훨씬 젊어 보이는 것은 사실이었지만, 그래 봐야 오십대 정도였다.

물론, 이미 그의 나이가 팔십을 훌쩍 넘겼음을 생각한다면 그것만 해도 대단한 일임에는 분명했지만 말이다.

"아무래도 그렇겠지?"

남궁진천이 고개를 절레절레 흔들었다.

자신이 너무 얼토당토않은 생각을 했다고 여겨졌다.

"아무튼 나는 앞으로 그 녀석을 좀 지켜볼까 하네. 뭔가 재밌는 냄새가 솔솔 나거든? 큭큭큭."

홍무생이 장난기 어린 얼굴로 킥킥대며 웃었다.

그는 본래 흥미를 끄는 일이나 사람에 대해서는 찰거

머리처럼 끝까지 물고 늘어지는 성격이었다.

이번에는 진운룡이 그의 목표가 된 것이다.

"쯧쯧, 그 버릇이 또 도졌구만……."

남궁진천은 혀를 차며 속으로 진운룡의 명복을 빌었
다.

*　　　　　*　　　　　*

남궁진천은 이튿날 진운룡을 따로 찾아 손자 남궁린
을 구해 준 것에 대한 고마움을 표한 후 바로 일행과
함께 무림맹으로 돌아갔다.

하지만 풍신 홍무생만은 그대로 황보세가에 남았다.

천사교에 대한 조사를 진두지휘한다는 명목이었다.

물론, 그것도 이유이긴 했으나, 홍무생의 진정한 관
심사는 바로 진운룡이었다.

한편, 홍혜란은 역시 조부를 따라 황보세가에 남았
다.

그녀는 다음 날 아침 일찍 남궁린의 처소를 찾았다.

"늦었군. 밤새 네 탐스러운 육체만 생각했는데 말이
야."

평상시와 달리 음산한 분위기를 풍기고 있는 남궁린이 끈적한 목소리로 말했다.

그의 눈에는 진한 욕정이 담겨져 있었다.

"할아버지가 함께 오셨는데 밤에 오라버니를 찾을 수는 없잖아요?"

홍혜란이 무덤덤한 목소리로 대답했다.

그간 비슷한 상황을 자주 겪은 듯 아무런 거리낌이 없는 태도였다.

"그 말이 맞긴 하군. 어쨌든 이제 어젯밤 못 이룬 회포를 풀어 볼까? 후후."

남궁린이 뜨거운 숨을 토해 내며 천천히 홍혜란에게 다가왔다.

"당분간 자중하라 일렀거늘 자기 자신조차 제어하지 못하면서 어떻게 천하제일인이 되려는 거죠?"

순간, 홍혜란의 싸늘한 목소리에 남궁린이 움찔하고 움직임을 멈췄다.

"무슨 소리야?"

약간 짜증이 밴 얼굴로 남궁린이 물었다.

"피가 빨려 나간 시체들, 오라버니 짓이죠?"

남궁린의 표정이 변했다.

"맞군요."

당황한 얼굴로 남궁린이 급히 변명을 했다.

"그, 그것은 갈증을 도저히 참을 수가 없어서⋯⋯."

경악할 만한 일이었다.

제남 뒷골목에서 발견된 시체가 남궁린의 짓이라는 이야기다.

홍혜란의 고운 아미가 위로 치켜 올라갔다.

"어리석군요! 피를 마신 것은 문제가 아니에요. 그것은 피의 권능을 얻은 이의 권리니까요. 하지만 흔적을 남긴 것은 오라버니답지 않은 그야말로 바보 같은 짓이에요!"

"휴⋯⋯. 나도 모르게 그만⋯⋯ 너무 흥분하는 바람에⋯⋯."

씁쓸한 얼굴로 남궁린이 말꼬리를 흐렸다.

자신이 생각해도 어이없는 실수였다.

아무래도 첫 흡혈이었던 터라 그에게는 너무도 생소하고 이질적인 일이었기 때문이리라.

머릿속을 온통 뒤집어 놓던 진한 피 냄새.

몸으로 흡수되는 새빨간 선혈(鮮血)들.

그 쾌감은 이루 말할 수 없어서 여인과 몸을 섞는 것보다 몇 배나 자극적이고 황홀했다.

마치 벼락이라도 맞은 것처럼 극한의 흥분과 전율이

온몸을 관통했다.

그 이후로는 머릿속이 하얗게 변해서 자신이 무슨 짓을 했는지 잘 기억이 나질 않았다.

정신을 차렸을 때는 다섯 구의 시체가 피 웅덩이 속에 쓰러져 있었고, 남궁린의 온몸은 피로 뒤덮여 있었다.

사람들이 오는 기척에 정신없이 달아났고, 옷을 훔쳐 갈아입은 후 간신히 세가로 돌아왔던 것이다.

"다시 한 번 말하지만 그 정도 감정도 다스리지 못한다면 오라버니는 피의 권능을 받을 자격이 없어요. 일단은 오라버니 말대로 처음이라 그랬을 것이라 믿을게요. 하지만 결코 이런 일이 또 일어나서는 안 돼요."

"나도 알고 있다. 다시는 이런 일이 없을 것이다. 이 남궁린의 이름을 걸고 맹세하지."

남궁린이 굳은 얼굴로 말했다.

홍혜란의 표정이 부드러워졌다.

"저도 오라버니를 믿어요."

방금 전까지 방 안을 싸늘한 한기로 가득 채우던 그녀가 맞는지 의심스러울 정도로 정반대의 모습이었다.

"그건 그렇고 진운룡이란 자에 대한 정보가 필요해요. 혹시 그동안 그자에 대해 알아낸 것은 있나요?"

"몇 가지 재밌는 이야기들이 있지."

굳었던 남궁린의 얼굴에 의미심장한 미소가 걸렸다.

"오라버니가 그리 말씀하시니 무척 기대되는군요."

"기대해도 좋아. 제법 놀라운 이야기니까 말이야."

득의양양한 표정으로 잠시 뜸을 들이던 남궁린이 입을 열었다.

"그동안 진운룡이 강호에 나오기 전 행적에 대해 밝혀진 것이 전혀 없지?"

홍혜란의 두 눈에 이채가 일었다.

"알아냈다는 말인가요?"

남궁린의 입가에 미소가 짙어졌다.

"놀라지 말라고. 놈은 바로 혈귀곡에 있던 자야."

홍혜란의 눈이 휘둥그레졌다.

"혈귀곡이라면 무림 사대 금지 중 하나인 그 혈귀곡을 말하는 것인가요?"

"맞아."

자신 있는 어조로 남궁린이 대답했다.

그럼에도 불구하고 홍혜란의 얼굴에는 믿지 못하겠다는 기색이 역력했다.

무림 사대 금지가 왜 금지라 불리는가.

그것은 출입이 불가하기 때문이다.

수많은 무인들과 양민들이 사대 금지에 발을 들여놓았다가 실종되거나 시체로 발견되었다.

그중에는 사대금지를 자신의 손으로 깨뜨리겠노라 호기롭게 도전한 이름 높은 고수들도 상당수 있었다.

아직까지 사대 금지는 단 한 번도 인간의 발길을 허용치 않았다.

그러니 진운룡이 혈귀곡에서 나왔다는 것을 어찌 믿을 수 있겠는가.

"확실한 정보인가요?"

홍혜란이 다시 한 번 확인하듯 물었다.

"놈과 가까이 지내는 하오문에서 나온 정보이니 거의 확실해."

홍혜란의 미간이 좁혀졌다.

이것은 그야말로 놀라운 사실이었다.

무림 사대 금지 중 하나인 혈귀곡이 깨졌고, 그 장본인인 진운룡이라는 사실이 알려지면 전 강호가 술렁이게 될 것이 분명했다.

사대 금지―무림의 가장 극악한 죄수들을 가둬 놓은 해남의 지옥도는 다른 세 곳과는 성격이 전혀 다름으로 논외로 한다―에는 어마어마한 보물, 혹은 고금 제일의 무공비급과 기물들이 숨겨져 있다고 믿는 자들이 상당수가 있었기 때문이다.

그도 일리가 있는 것이 사대금지는 대부분 인위적인 진법이나 기관, 술법으로 보호되고 있다.

무언가를 지키거나 숨기려는 것이 아니라면 무엇 때문에 그렇게 철통같은 보호를 하는 것인가.

게다가 진운룡의 경의로운 무공 실력은 이런 믿음을 더욱 확실하게 해 주는 증거가 될 수도 있다.

진운룡이 혈귀곡 안에 숨겨진 비급을 얻었다 여길 것이기 때문이다.

어쨌든 이런 이유로 사대 금지 중 하나가 깨졌다는 사실이 알려지면 온 무림이 들끓게 될 것이 분명했다.

그때, 들려온 남궁린의 충격적인 한마디가 지금까지 홍혜란의 생각을 단번에 날려 버렸다.

"더 놀라운 일은 말이지 혈귀곡을 빠져나온 자가 진운룡 하나가 아니라는 거야."

"무슨!"

그녀의 눈은 더 이상 커질 수 없을 정도로 부릅떠져 있었다.

"진운룡이 혈귀곡을 빠져나올 때 한 사람이 함께 나왔거든. 혹시 홍 매는 누구인지 짐작하겠어?"

남궁린은 득의 어린 얼굴로 홍혜란이 당황하는 모습

을 즐겼다.

"설마!"

홍혜란은 갑자기 둔기로 머리를 얻어맞은 듯한 충격
을 받았다.

그녀의 머릿속에 언제나 진운룡의 이름과 함께 거론
되던 한 사람의 이름이 떠올랐다. 대체 그 인물과 진운
룡의 연결점을 찾을 수 없었다.

하지만 남궁린이 말한 대로 두 사람이 혈귀곡을 함께
빠져나왔다면 모든 것이 말이 된다.

"그래. 그 설마가 정답이야."

"소은설!"

홍혜란이 자신도 모르게 소리쳤다.

진운룡과 함께 혈귀곡을 함께 빠져나온 사람이 바로
소은설이었던 것이다.

그간 의문들이 조금씩 풀리는 것 같았다.

왜 진운룡 같은 이가 하오문을 돕는 것인가?

또 소은설처럼 평범한 여인이 어떻게 진운룡과 함께
하는 것인가.

모든 것이 설명이 됐다.

"초진도라고 알고 있나?"

남궁린의 목소리에 홍혜란이 고개를 끄덕였다.

"그러고 보니 초가장에서부터 일이 틀어지기 시작했군요."

조직이 처음 입은 피해였다.

"아마 그때 소은설이 초진도의 수하들에게 쫓겨 혈귀곡에 빠졌던 모양이야. 자세히는 모르겠는데, 그 안에서 진운룡을 만나서 함께 탈출했다고 하는군."

"혹시 혈귀곡을 빠져나온 다른 생존자들은 없었나요?"

"오직 둘뿐이야. 무척 신기한 일이지."

무공도 변변치 않은 소은설이 혈귀곡에 갇혀 있던 진운룡을 꺼내 줬다고 보는 것은 너무 터무니없는 생각이니, 초진도의 수하들에게 쫓겨 혈귀곡에 빠진 소은설을 진운룡이 데리고 빠져나왔다고 보는 게 맞았다.

지금 진운룡이 보여 주는 능력이라면 충분히 그럴 가능성이 높았다.

'가만!'

그때 홍혜란의 머리를 스치고 지나가는 것이 있었다.

'모든 정황을 볼 때 진운룡은 애초에 혈귀곡에 있었다는 이야기잖아?'

진운룡 같은 강자가 강호에 전혀 알려지지 않았다는 것, 그리고 그가 혈귀곡에서 나왔다는 것.

두 가지를 종합해 볼 때, 최소한 상당한 시간 진운룡이 혈귀곡에 머물고 있었다는 것을 짐작할 수 있다.

'그렇다면 오랜 시간 혈귀곡에 머물러 있던 그자가 왜 이제야 빠져나왔는가?'

거기에는 몇 가지 가정을 해 볼 수 있었다.

첫째, 몇몇 무림인들이 생각하는 것처럼 혈귀곡 안에 고금제일의 무공이 숨겨져 있어 그것을 이제 완성했고, 마침 그때 소은설이 혈귀곡에 들어와 함께 빠져나왔다고 보는 것이다.

하지만 이 경우 지금 진운룡의 나이를 생각해 볼 때, 아주 어린 시절 혈귀곡으로 들어갔다는 이야기인데, 여기에는 한 가지 의문이 존재한다.

무공을 얻기 위해 강호의 수많은 고수들이 혈귀곡에 들어갔으나 그중 성공한 이는 하나도 없었다.

한데, 그것을 어린아이가 이루었다는 것은 도무지 믿기 어렵기 때문이다.

두 번째 가정은 바로 또 다른 소문에 근거한 것이다.

혈귀곡엔 인간의 피를 빨아먹는 혈귀가 살고 있다.

혈귀곡 근처에서는 피가 빠져나간 시신들이 발견되곤
했다.

"만일 진운룡이 혈귀곡의 유일한 생존자가 아니라 혈
귀 본인이라면!"

홍혜란이 자신도 모르게 중얼거렸다.

"진운룡이 혈귀? 그러고 보니……."

남궁린이 이채를 띤 얼굴로 홍혜란을 바라봤다.

"만일 그렇다면 그가 혈신대법에 대해 알고 있는 것
도 이해가 되는군요."

혈귀가 혈신대법을 받은 자라면 말이 된다.

"오 사령의 이야기로는 진운룡이 혈마에 대해서도 물
었다고 들었어요. 전해 내려오는 이야기에 의하면 혈마
역시 피의 권능과 관련이 있는 게 분명해요."

"그렇다면 놈이 혈마와 연관된 자일 가능성도 있군!"

남궁린이 눈을 빛내며 말했다.

"그럴 가능성도 있죠. 하지만 의문점은 왜 소은설을
구해서 함께 세상에 나왔는가예요."

만일 진운룡이 혈귀라면 곡에 들어갔던 수많은 사람
들 중에 왜 하필 소은설을 살려 줬을까.

하오문의 도움을 받기 위해?

소은설은 그저 산동 변두리 분타주의 딸에 불과했다.

하오문에 그다지 영향력이 없었다.

"그 계집에게 무언가 효용가치가 있을지도 모르지."

"흐음…… 어쨌든 무언가 이유가 있을 것이고, 그 이유를 알아내면 진운룡의 정체 역시 자연히 풀리게 될 거예요."

"후후, 그렇다면 내가 한 번 그 계집에 대해 알아볼까?"

남궁린의 입가에 음산한 미소가 걸렸다.

"오라버니가요?"

"그래. 왠지 재밌을 것 같군."

"호호호. 그것도 좋겠군요. 오라버니라면 충분히 그녀의 마음을 사로잡을 수 있을 거예요."

옥기린이라 불릴 만큼 뛰어난 외모를 가지고 있는 남궁린이 소은설과 가까워지는 것은 식은 죽 먹기일 것이다.

꼭 소은설을 유혹한다거나 할 필요는 없었다. 그저 편안하고 가까운 사이만 되어도 그녀에 대한 정보를 충분히 얻어 낼 수 있을 것이다.

누가 정도 무림 최고의 후기지수이자 무림맹주의 손자인 남궁린의 손길을 거절할 수 있겠는가?

"그럼 진운룡에 대한 일은 일단 접어 두고, 오랜만에

만났으니 오라버니 말대로 진하게 회포를 풀어 볼까
요?"

홍혜란이 교소를 지으며 길고 가느다란 팔로 남궁린
의 단단한 어깨를 부드럽게 감싸 안았다.

"바라던 바야!"

남궁린이 거칠게 홍혜란을 자신의 품으로 끌어당겼
다.

얼마 지나지 않아 방 안은 두 남녀의 거친 숨소리와
열기로 가득 찼다.

*　　　　*　　　　*

제갈무진은 무척 화가 났다.

무림맹주 남궁진천이 진운룡에게 직접 고마움을 표시
하고, 크게 치하했다는 것만 해도 열이 받는 상황인데,
분위기를 보니 앞으로 진운룡이 맹의 천사교에 대한 조
사에서 중요한 역할을 맡게 될 가능성이 높아 보였기
때문이다.

이제는 자신이 감히 넘볼 수도 없는 존재가 되어 버
린 것이다.

하지만 그렇다고 진운룡에 대한 증오가 사라지는 것

은 아니었다.

사실, 왜 그를 증오하게 되었는지조차 명확치 않았다.

어떻게 보면 괜한 자격지심일 수도 있었다.

둘째라는 이유로 별 볼 일 없는 형에게 밀려 가문에서 인정받지 못하는 자신의 신세가, 세상 모든 천운을 다 타고난 것 같은 진운룡과 비교되었기 때문에 더욱 그런 마음이 들었을 것이다.

그 이유야 어찌 됐든 진운룡에 대한 증오는 이제 당연한 감정이 되어 버렸다.

제갈무진을 더욱 열 받게 만드는 것은 바로 모용주란이었다.

그날 이후로 모용주란은 자신을 마치 벌레 보듯 하고 있었다.

물론, 모용주란의 입장에선 당연한 반응일 수도 있었다.

하지만 제갈무진은 결코 남의 입장을 배려해 주는 자가 아니었다.

그의 생각으로는 그날 일은 자신 혼자만의 잘못이 아니었다. 옷을 벗고 달려든 모용주란의 책임도 있는 것이다.

어떤 사내가 모용주란 같은 절세의 미녀가 알몸으로 달려드는데 목석처럼 물리칠 수 있을까.

해서 제갈무진은 나름 모용주란과의 관계를 좋게 풀어 보려 애썼다.

하지만 모용주란은 애초에 그에게 다가설 기회조차 주지 않았다.

제갈무진의 머릿속에는 아직 모용주란의 탐스러운 육체와 그 부드러운 감촉이 그대로 남아 있었다.

시간이 지날수록 그녀에 대한 갈증은 더욱 심해졌고, 심장은 달아올랐다.

지금이라면 다시 그녀를 안을 수만 있다면 무엇이든 할 수 있을 것만 같았다.

"이럴 게 아니라 당장 강제로라도 그녀를 내 것으로 만들어야겠어!"

인내심이 바닥이 난 제갈무진은 곧장 모용주란의 처소로 향했다.

모용주란의 방은 제갈무진의 숙소에서 그리 멀지 않았다.

방에는 모용세가에서 데려온 시녀 하나가 함께 있을 뿐 특별한 경계는 없었다.

"크흠, 모용 소저, 나 제갈무진이오!"

잠시 심호흡을 한 번 내쉰 제갈무진이 방문을 향해 큰소리로 외쳤다.

하지만 방 안에서는 아무런 대답도 없었다.

제갈무진의 눈썹이 위로 치켜 올라갔다.

인기척이 느껴지는 것으로 보아 모용주란이 방 안에 있는 것이 분명했다.

한데, 자신을 무시하고 있는 것이다.

"안에 있는 것 다 알고 있소! 잠시 이야기 좀 나눕시다!"

제갈무진의 목소리가 높아졌다.

"당신에게 볼일이 없으니 돌아가세요!"

그제야 모용주란이 날이 선 목소리로 대답했다.

"흥!"

덜컹!

코웃음을 친 제갈무진이 막무가내로 모용주란의 방문을 열고 들어갔다.

"이, 이게 무슨 짓이에요! 당신, 감히 이러고도 무사할 것 같은가요!"

모용주란이 분노한 얼굴로 소리쳤다.

그녀 옆에는 열대여섯 쯤 되어 보이는 시녀 하나가

겁먹은 표정으로 떨고 있었다.

"너는 잠시 자리 좀 비키거라!"

제갈무진이 시녀에게 눈을 부라리며 말했다.

"아, 아씨……."

시녀가 안절부절 못하며 모용주란의 눈치를 봤다.

모용주란이 눈가를 파르르 떨며 입술을 깨물었다.

"내 말이 말 같지 않느냐! 당장 꺼지거라!"

제갈무진이 살기를 뿜어내자 시녀는 그 자리에 털썩
주저앉고 말았다.

"지금 막 나가자는 건가요?"

모용주란이 이를 악물며 말했다.

"흥! 지금 내 눈에는 어차피 뵈는 게 없소!"

"아악!"

제갈무진이 씩씩대며 시녀의 머리채를 잡아 방 밖으
로 내동댕이쳤다.

"이익……."

모용주란이 분노에 온몸을 떨었다.

"그러기에 진즉에 날 받아들였으면 이런 수모를 겪을
필요도 없었지! 후후후."

제갈무진이 음산한 미소를 지으며 모용주란에게 다가
갈 때였다.

"지금 뭐하는 건가요? 제갈 공자?"

문 밖에서 들려온 차가운 목소리가 제갈무진의 동작을 멈춰 세웠다.

제갈무진의 표정이 딱딱하게 굳었다.

목소리의 주인공이 누구인지 너무도 잘 알고 있었기 때문이다.

제갈무진이 천천히 고개를 돌렸다.

"오랜만에 모용 동생 얼굴이나 볼까 해서 찾아왔더니 이게 무슨 난장판이죠? 모두 당신 짓인가요?"

방 밖에는 홍혜란이 한기를 풀풀 뿜어내며 서 있었다.

제갈무진의 얼굴이 일그러졌다.

일이 완전히 어긋나 버린 상황이었다.

홍혜란은 여인이지만 자신이 어쩔 수 없는 고수.

게다가 그의 조부이자 십이천 중 한 명인 홍무생이 현재 황보세가에 떡하니 버티고 있는 상황이다.

그녀와 사건이 생긴다면 자신은 목숨이 열 개라도 감당할 수 없었다.

제갈무진은 즉시 표정을 부드럽게 바꿨다.

"오, 오해요, 홍 소저! 모용 소저와 담소를 나누려 하는데, 어린 시비가 주제도 모르고 방해를 해서 나도 모르게 화를 낸 것이오!"

급히 변명을 만들어 냈으나, 너무 빤했다.

하지만 어차피 홍혜란이 믿어 주길 바란 것은 아니었다.

단지 현 상황을 벗어날 수 있기만 하면 되었다.

아직 그는 모용주란에게 아무런 위해도 입히지 않았기에 적당히 둘러대기만 해도 홍혜란이 더 이상 추궁하기 어려울 것이기 때문이다.

"제갈 공자의 말이 사실이야?"

홍혜란이 모용주란에게 물었다.

모용주란은 속으로 분노를 삼켰다.

당장에라도 모든 것을 밝히고 싶었지만, 그것은 제갈무진뿐만 아니라 그녀도 함께 나락으로 떨어뜨리는 일이었다.

"맞아요. 야, 약간의 오해가 있었어요."

모용주란이 마음을 간신히 가라앉힌 채 입을 열었다.

그럼에도 홍혜란은 제갈무진에 대한 적의를 거두지 않았다.

얼핏 보아도 모용주란의 말이 사실이 아니라는 것을 알 수 있기 때문이다.

하지만 모용주란 스스로가 괜찮다는데 그녀가 나설

수도 없는 노릇이었다.

"흠, 흠, 오늘은 분위기도 그렇고 내가 욱하는 마음에 실수를 한 것도 있고 하니 이만 가 보겠소. 모용소저 다시 한 번 사과드리오."

제갈무진은 모용주란에게 어색한 사과를 한 후 황급히 자신의 처소로 돌아갔다.

멀어지는 제갈무진의 뒷모습을 노려보던 홍혜란이 천천히 방 안으로 들어갔다.

"주란아. 이게 어떻게 된 일이야? 저자가 어찌 이토록 무도한 짓을 벌인 거지? 게다가 너는 왜 저자를 감싸 주고?"

모용주란은 분한 듯 입술을 깨문 채 아무 말도 하지 않았다.

홍혜란이 의미심장한 눈으로 그런 모용주란을 바라봤다.

두 사람 사이에 심상치 않은 사연이 있음을 짐작한 것이다.

"네가 말하기 싫다면 더 이상 묻지 않을게. 하지만 이대로라면 저자가 또 언제 네게 해코지를 할지 몰라. 좀 더 경계를 강화하든지, 아니면 빨리 세가로 돌아가는 것이 나을 것 같구나."

"아직 세가로 돌아갈 수는 없어요!"

모용주란이 결연한 얼굴로 말했다.

이대로 세가로 돌아간다면 도망치는 것밖에 되지 않는다.

당한 것은 자신인데 무슨 잘못이라도 저지른 것처럼 허겁지겁 달아나고 싶지는 않았다.

반드시 제갈무진에게 응당한 대가를 치르게 하고 싶었다.

하지만 문제는 그녀에게 그럴 방법과 힘이 없다는 것이다.

"무슨 사연인지는 모르겠지만, 도움이 필요하면 언제든지 얘기해. 내가 힘이 닿는 한 최대한 도와줄게."

홍혜란이 모용주란의 어깨를 감싸며 말했다.

모용주란은 기어코 참았던 눈물을 터뜨리고 말았다.

"고마워요······."

한동안 모용주란을 다독인 후 홍혜란은 다시 자신의 처소로 돌아왔다.

자신의 방으로 돌아온 그녀의 얼굴에는 뜻밖에도 묘한 미소가 걸려 있었다.

"두 사람 사이에 무언가가 있군. 잘만 이용하면 나중에 써먹을 수 있겠어."

그녀의 입가에 걸린 미소가 더욱 짙어졌다.

*　　　　*　　　　*

"흐읍……."

소은설이 교성에 가까운 신음을 터뜨렸다.

이것으로 벌써 세 번째 피를 뽑히는 그녀였지만, 이 야릇한 느낌만은 결코 적응이 되지 않았다.

"다 끝났다."

진운룡의 목소리에 소은설이 머쓱한 얼굴로 눈을 떴다.

"어쩐지 즐기는 것 같은데?"

진운룡이 장난스런 얼굴로 말했다.

"무, 무슨 소리예요! 생피가 뽑혀 나가는 걸 즐길 사람이 어디 있겠어요!"

"흠……. 표정은 전혀 그렇지 않던데?"

"아! 진짜! 엉뚱한 소리 하지 말아요! 자꾸 그러면 콱, 그냥, 다음부터 계약이고 뭐고, 피 한 방울 구경도 못할 줄 알아요!"

당황한 소은설이 소리를 빽 지른 후 황급히 진운룡의 방을 뛰쳐나왔다.

소은설은 얼굴이 벌게진 채 잰걸음으로 자신의 방으로 향했다.

"사람이 갈수록 더 이상해진다니까!"

그녀는 달아오른 볼을 감싸며 투덜댔다.

"누가 말입니까?"

"엄마야!"

갑작스런 목소리에 놀란 소은설이 소스라치며 고개를 돌렸다.

"아, 죄송합니다. 제가 너무 갑작스레 나타나 소저께서 놀라신 모양이군요."

소은설의 시선이 향한 곳에는 남궁린이 서 있었다.

"나, 남궁 공자?"

뜻밖의 만남에 소은설의 눈이 휘둥그레졌다.

남궁린이 그녀에게 아는 척을 할 이유가 별로 생각나지 않았기 때문이다.

"하하하, 이거 대명호 이후로 오랜만에 뵙는군요. 사실 그때는 워낙에 정신이 없었던 터라 서로 인사도 제대로 못했지요."

대명호에서는 사실 서로 이야기를 나누기도 전에 하륜이 공격을 해 왔기 때문에 그저 통성명만 한 정도였다.

"사실 진 공자와 함께 계시는 것을 보고 어떤 분이실까 무척 궁금했습니다."

"아, 네……."

소은설이 멋쩍은 얼굴로 고개를 끄덕였다.

예전 같으면 감히 눈도 못 마주칠 정도로 신분의 차이가 큰 남궁린이 자신에게 관심을 보이는 이 상황이 왠지 현실 같지가 않았기 때문이다.

물론, 그 이유는 자신 때문이 아닌 진운룡 때문임을 그녀도 잘 알고 있었지만, 그래도 괜히 기분이 우쭐해지는 것만은 어쩔 수 없었다.

"그런데…… 진 공자와 함께 다니시는 것을 보면 두 분이 보통 관계가 아니신 듯합니다?"

그때, 남궁린이 은근한 목소리로 물었다.

"무, 무슨 말씀이세요? 제가 무슨 그런 엉큼하고 능구렁이 같은 인간과……. 아, 아니, 꼭 그렇다기보다는……. 하여간 절대 아무 사이도 아니에요. 아앗!"

당황한 소은설이 뒷걸음질을 치다 그만 대리석 돌판 모서리에 걸려 뒤로 넘어지고 말았다.

하지만 다행히도 남궁린이 재빨리 소은설의 손목을 낚아챘다.

"허억!"

소은설이 비틀거리며 간신히 몸을 가누었다.

"고, 고마워요, 남궁 공자. 제가 좀 덜렁거리는 편이라. 하하하."

소은설이 어색한 웃음을 지으며 남궁린을 바라봤다.

한데, 남궁린은 소은설의 손목을 잡은 채 석상이라도 된 듯 움직이지 않고 있었다.

그의 시선은 소은설의 손목에 고정되어 있었다.

소은설의 손목에는 일반인의 눈에는 잘 보이지도 않는 아주 작은 상처가 있었다.

아직 아물지 않은 것으로 보아 분명 생긴 지 얼마 되지 않는 상처였다.

'이것은!'

남궁린의 심장이 터질 듯 방망이질 쳤다.

방금 전 소은설의 손목을 잡았을 때, 상처로부터 한 방울의 피가 그에게 빨려 왔다.

순간, 하마터면 그는 그대로 소은설의 피를 모조리 흡수할 뻔했다.

하지만 홍혜련의 경고도 있었고, 흡혈을 한 지 얼마 지나지 않은 터라 피에 대한 갈증이 그다지 크지 않아 간신히 멈출 수 있었다.

문제는 그게 아니었다.

소은설의 피가 남궁린에게 흡수된 순간 그는 온몸에 전율과 함께 무언가 청아한 기운이 관통하는 것을 느꼈다.

그것은 첫 흡혈과는 전혀 다른 것이었다.

남궁린이 소은설의 피를 흡수하는 것을 멈출 수 있었던 이유도 사실 그 기운 때문이었다. 그 기운이 남궁린의 정신을 맑게 했기 때문이다.

일전에 흡수한 다섯 명의 피에서는 전혀 느낄 수 없었던 감정이었다.

'대체………'

그의 가슴에서 다시 소은설의 피를 흡수하고 싶다는 욕망이 일었다.

하지만 그 욕망은 맑은 정신에 의해 곧 제지되었다.

'뭐지? 두 번째라 다른 것인가?'

남궁린은 혼란스러웠다.

그는 아마도 자신이 이미 흡혈을 경험했기에 좀 더 냉정하고 차분하게 감정을 조절할 수 있는 것이라고 생각했다.

'하지만 무언가 이상해.'

흡혈을 했는데 청아한 느낌이 들다니…… 그것은 홍혜란에게서도 들어 보지 못한 일이었다.

흡혈은 항상 광기와 마성을 불러일으키기 때문이었다.

게다가 지금 그가 받은 피의 권능은 반쪽짜리였다.

이대로 흡혈을 계속한다면 광인이 되어 이지를 잃고 만다.

그런데 이토록 명료한 정신을 유지할 수 있다니 이해할 수 없는 일이었다.

"남궁 공자. 아, 아파요, 이제 그만 놔주세요."

소은설의 목소리에 남궁린이 상념에서 깨어났다.

"아, 죄송합니다. 제가 잠시 딴 생각을 하느라."

남궁린은 급히 소은설의 손목을 놓아주고는 사과했다.

"아, 아니에요. 오히려 제가 감사하죠. 공자가 아니었으면 볼썽사나운 꼴을 보일 뻔했잖아요. 하하……."

소은설이 어색한 웃음을 지으며 말했다.

지금 상황이 어쩐지 껄끄러웠기 때문이다.

"어쨌든 반가웠습니다. 다음에 제가 다시 한 번 진 공자와 모시도록 하지요."

남궁린은 서둘러 인사를 하고 곧장 홍혜란의 처소로 걸음을 옮겼다. 그녀라면 이 상황을 설명할 수 있을 것이기 때문이다.

소은설은 어리둥절한 얼굴로 멀어져 가는 남궁린의 뒷모습을 바라봤다.

남궁린의 이해가 가지 않는 행동들에 도무지 정신이 하나도 없었다.

갑자기 자신에게 관심을 보인 것도 의아한 일인데, 마치 무엇에라도 홀린 듯 반쯤 정신이 나간 모습으로 황급히 떠난 이유는 또 뭐란 말인가.

"무슨 일이야?"

그때 들려온 구학의 목소리에 소은설이 정신을 차렸다.

구학의 얼굴에는 호기심이 가득했다.

"남궁 공자랑 무슨 이야기를 한 거야? 혹시 남궁 공자가 너한테 관심이라도 있데?"

말똥말똥한 눈으로 질문 세례를 퍼붓는 구학을 보며 소은설이 눈살을 찌푸렸다.

"신경 꺼요. 확! 그냥, 저 공자한테 한 마디 하기 전에!"

"무, 무슨 소리! 저, 절대 안 돼! 나, 나 하나도 안 궁금하니까 저, 절대 그 야차 같은 인간한테는 아무 말도 하지 마! 응? 알았지?"

구학이 도망치듯 횡 하니 모습을 감췄다.

　　　　　*　　　　　　*　　　　　　*

"홍 매!"

기별도 없이 자신의 숙소로 쳐들어온 남궁린을 보며 홍혜란이 눈살을 찌푸렸다.

"무슨 일인데 이렇게 호들갑인 거죠?"

그제야 자신이 너무 흥분해 있음을 깨달은 남궁린이 마음을 가라앉혔다.

"네게 긴히 물어볼 것이 있어."

남궁린의 표정이 심상치 않자 홍혜란이 방문을 닫았다.

아무리 흡혈로 인해 감정의 기복이 심한 상태라지만, 남궁린이 이 정도로 흥분한 것에는 명 그만한 이유가 있을 터였다.

"말해 보세요."

"방금 소은설을 만났는데……."

홍혜란의 표정이 진지해졌다.

계획했던 대로 남궁린이 소은설에게 접근한 모양이었다.

한데 무언가를 발견한 것이 틀림없었다.

그 무언가는 진운룡이 소은설과 함께하고 있는 이유일 수도 있었다.

잠시 뜸을 들이던 남궁린이 말을 이었다.

"우연히 말이지…… 그녀의 피를 흡수하게 되었는데……."

"뭐라고요!"

홍혜란이 눈썹을 위로 치켜 올리며 남궁린을 노려봤다.

소은설의 피를 흡수하다니, 그토록 자제하라고 주의를 줬건만 하루도 지나지 않아 또 사고를 친 것이다.

"다른 사람도 아닌 소은설의 피를 흡수하다니, 대체 오라버니는 생각이 있는 거예요, 없는 거예요!"

"흥분하지 말고 이야기를 끝까지 들어 봐. 네가 생각하는 그런 게 아니니까."

남궁린이 홍혜란을 진정시켰다.

하지만 그녀의 분노는 쉽게 가라앉지 않았다.

"단지 의도치 않게 한 방울의 피가 흡수되었을 뿐이야. 그녀는 아무 탈 없이 무사하니 걱정 하지 마. 그런 일이 벌어졌다는 사실조차 모르니까."

홍혜란의 두 눈에 이채가 떠올랐다.

남궁린의 말은 곧 흡혈을 중간에 그것도 시작하자마

자 멈췄다는 이야기였다.

"단지 한 방울만 흡수했다? 그 말을 저 보고 믿으라는 이야기인가요?"

홍혜란이 아직은 의문이 가시지 않은 얼굴로 물었다.

피의 권능을 받은 지 겨우 보름밖에 지나지 않은 남궁린이었다.

지금은 흡혈의 욕구가 그의 정신과 육신을 모두 지배할 때.

아무리 대단한 자라 해도 처음 한 달 동안은 스스로를 통제하기가 거의 불가능하다.

홍혜란 역시 처음 대법을 받았을 당시는 욕구를 제어하지 못했다.

물론, 다행히도 그녀는 한 달 동안 세상과 격리된 채 체계적으로 욕구를 조절하는 방법을 배웠기에 큰 사고 없이 지금에 이를 수 있었다.

얼마 전 남궁린이 다섯 명의 피를 흡수하고 골목에 방치한 사건 역시 그런 맥락에서 벌어진 것이다.

한데 의도했든 의도하지 않았든 피를 한 방울만 흡수하고 멈춘다는 것이 과연 가능한 일이란 말인가.

"물론 믿어지지 않겠지. 사실 나도 그 때문에 너한테 이렇게 달려온 것이니까. 문제는 그녀의 피였어!"

"소은설의 피?"

"그래!"

소은설의 피가 흡수되었던 순간을 떠올리자 남궁린은 다시 묘한 흥분에 빠졌다.

그것은 일반적인 갈증이나 욕망, 중독과는 전혀 다른 것이었다.

편안함, 안도감, 아기가 엄마 품을 갈망하듯 소은설의 피를 통해 다시 그 기분을 느끼고 싶었다.

몽롱해 보이는 남궁린의 모습을 보며 홍혜란은 무언가 심상치 않은 느낌을 받았다.

"어떻게 된 것인지 자세히 말해 봐요!"

홍혜란의 목소리에 정신을 차린 남궁린이 천천히 말을 이었다.

"처음 그녀의 손목에서 우연히 핏방울이 내 손에 묻었는데, 다른 때와 마찬가지로 참을 수 없는 흡혈의 욕구가 머리를 가득 채웠지. 하지만 그다음 순간! 그것은 마, 마치 머릿속을 가득 채우던 끈적끈적한 찌꺼기들이 말끔히 씻겨 나가는 느낌이었어. 갑자기 광기와 욕망이 눈 녹듯이 흩어져 버리고 의식이 너무나도 명료하고 또렷해진 거야! 이걸 뭐라고 설명해야 하지? 그 뭐랄까…… 온몸이 행복으로 가득 찬 느낌? 처음 흡혈 때

느꼈던 희열과는 전혀 다른 더 강력한 감정이었어."

남궁린이 환희에 찬 얼굴로 말했다.

홍혜란의 미간이 좁혀졌다.

"피를 흡수했는데 오히려 욕망이 사라졌다?"

도무지 믿기 어려운 이야기였다.

"이번이 두 번째라 다른 것은 아니겠지?"

남궁린의 질문을 무시한 채 홍혜란은 생각에 잠겼다.

아무리 봐도 소은설의 피가 다른 이들과 다른 것이 분명했다. 그 피가 남궁린의 욕망과 광기를 흩어 버렸거나 소멸시킨 것이다.

"가만!"

그녀의 눈에 빛이 일었다.

"이제야 모든 것이 설명이 되는군!"

왜 진운룡이 소은설과 함께 혈귀곡을 나왔는지, 그녀의 아버지를 찾는 것을 돕고 그녀와 함께하고 있는지 그 이유가 드러난 것이다.

"그 피 때문에 진운룡이 소은설을 데리고 다닌다는 건가?"

머리가 나쁘지 않은 남궁린도 소은설의 생각을 알아차렸다.

"그렇게 되면 모든 게 들어맞아요. 진운룡이 혈귀라

는 사실도 더욱 확실해지고요."

소은설의 특별한 피가 두 사람이 함께하는 이유라면 결국, 진운룡은 그녀의 피가 필요하다는 이야기였다.

즉, 진운룡 역시 흡혈을 한다는 이야기다.

혈귀곡에서 머무는 흡혈하는 존재라면 소문의 혈귀와 딱 들어맞았다.

"맞아! 그러고 보니 소은설의 손목에 아주 작은 상처가 있었어! 사실 내가 피를 흡수할 수 있었던 것도 그 상처가 생긴 지 얼마 되지 않아 아직 아물지 않았기 때문이야! 그때, 그녀는 진운룡의 숙소 쪽에서 나오고 있었거든!"

남궁린이 손뼉을 치며 탄성을 터뜨렸다.

아마도 손목의 상처는 진운룡이 그녀의 피를 흡수한 흔적임에 틀림없었다.

"후후후, 드디어 놈의 진정한 정체를 알게 되었군! 그렇게 잘난 척을 하더니 고작 숨어서 피나 빨던 귀신 나부랭이란 말이지?"

남궁린이 한쪽 입꼬리를 말아 올리며 뒤틀린 미소를 지었다.

"그리고, 어쩌면 놈도 피의 권능을 사용할 수 있을지 몰라요."

"하기야 그렇다면 그 경천동지할 능력이 말이 되지! 놈도 혈신대법을 받은 거야. 그래서 그런 능력들을 갖게 된 거지!"

쾌재를 부르던 남궁린이 갑자기 의문스러운 얼굴로 홍혜란에게 물었다.

"한데 대체 놈이 무슨 수로 혈신대법을 받을 수 있었던 것이지? 주인께서 놈에게 은혜를 베푸셨을 리는 없고, 놈이 어떻게 대법에 대해 알고 피의 권능을 사용하는 거야?"

"동창 녀석도 피의 권능을 사용했다고 들었어요. 또 다른 자가 존재한다 해도 이상할 것은 없지요. 당신도 들어서 알겠지만 할아버지 말로는 예전에 혈마라는 대마두 역시 흡혈을 통해 힘을 얻었다고 해요. 무림맹에서는 우리를 혈마의 잔당들이라고 보고 있잖아요? 동창의 그놈들이나, 진운룡 그자야말로 혈마의 잔당일 수 있죠."

"난 오로지 주인께서만 피의 권능을 내려주실 수 있다고 생각했는데 그게 아니었던 모양이군……."

순간, 홍혜란이 살기를 뿜어냈다.

"감히 주인을 의심하는 건가요! 죽고 싶은 모양이군요!"

"아, 아니 나는 단지……."

남궁린이 급히 변명을 했으나 홍혜란의 살기는 수그러들지 않았다.

"그들이 사용하는 피의 권능은 가짜예요. 진정한 혈신대법을 펼칠 수 있는 분은 오로지 주인뿐이에요! 그분이 내려주시는 영원한 생명과 힘의 은총을 받기 위해서 우리는 진정한 믿음과 충성을 바쳐야 해요!"

사실 사령들을 비롯한 이들이 받은 혈신대법은 완전치 않은 것이다.

진정한 혈신대법은 수많은 생명과 피, 그리고 여러 가지 희귀한 재료들이 필요했다.

또한 진정한 혈신대법은 오로지 그들의 주인만이 펼칠 수 있다.

진정한 혈신대법의 위력은 지금 그들이 받은 피의 권능과는 비교할 수도 없는 강력한 것이었다.

불멸, 불사의 육신이 됨은 물론, 신에 가까운 능력을 얻게 된다.

전설의 혈마 따위는 비교도 안 되는 강력한 존재가 되는 것이다.

당연히 진정한 혈신대법은 누구나 받을 수 있는 것이 아니다. 주인에게 충성하고 대계(大計)를 이루는 데 공헌한 이들만 주인의 은총을 받을 수 있었다.

"무, 물론 나도 잘 알고 있어. 잠시 내가 실성이라도 한 모양이야. 홍 매도 내가 얼마나 그것을 원하고 있는지 잘 알고 있잖아?"

그제야 홍혜란의 안색이 조금 풀어졌다.

"어찌 되었든 소은설이 진운룡에게 무척 중요한 존재라는 사실만은 확실해졌군요. 물론, 그녀는 이제 우리에게도 중요한 존재가 되었어요."

소은설의 특이한 피에 대해 주인 관심을 가질 것은 자명했다. 당연히 소은설을 주인에게 데려간다면 홍혜란에 대한 신임도 더욱 높아질 것이다.

"그렇다면 소은설을 빼 와야겠군."

남궁린의 말에 홍혜란이 고개를 끄덕였다.

"물론이에요. 하지만 그 계집은 어차피 언제든지 손에 넣을 수 있어요. 문제는 진운룡이에요. 소은설이 놈의 약점임이 드러난 이상 이 기회를 이용해 놈을 제거해야 해요."

홍혜란의 눈에 살기가 일었다.

"후후, 그거 듣던 중 반가운 소리군! 그 계집을 이용해 놈을 함정으로 유인하려는 것인가?"

기재 소리를 듣던 남궁린답게 금방 홍혜란의 의도를

알아차렸다.

그녀는 소은설을 납치한 후 진운룡을 미리 준비한 함정으로 끌어들이려는 것이다.

"맞아요. 우리가 소은설의 목줄을 잡고 있는 한 놈은 알면서도 걸려들 수밖에 없을 거예요."

거미가 거미줄을 치고 먹잇감을 기다리듯 진운룡이라 해도 어찌지 못하게 만들 함정을 준비할 것이다.

"그렇다면 우리 둘이 놈을 처리하는 건가? 그렇지 않아도 거슬렸는데 잘됐군."

남궁린이 아무렇지도 않게 진운룡의 처리를 이야기했다.

그것은 곧 홍혜란과 남궁린 둘이 충분히 진운룡을 상대할 수 있다는 말이기도 했다.

진운룡의 능력을 두 눈으로 직접 확인한 남궁린이기에 그의 이런 태도는 놀라운 것이었다.

"그를 처리하는 것은 다른 사람이 될 거예요. 제 생각대로만 된다면 우리는 힘들이지 않고 소은설과 진운룡 두 마리 토끼를 잡게 될 거예요. 강호를 혼란에 빠뜨리는 것은 덤이라 할 수 있죠."

홍혜란의 입가에 미소가 점점 더 짙어졌다.

7장
소은설의 위기

"언니, 어서 오세요."

수척해진 얼굴로 모용주란이 홍혜란을 맞이했다.

홍혜란은 예리한 눈으로 모용주란을 살폈다.

아무래도 제갈무진과의 사이에 심상치 않은 사연이 있음이 분명했다.

"주란아, 안색이 많이 안 좋아 보이는구나? 혹 그자 때문이니?"

홍혜란의 물음에 모용주란이 멈칫했다.

"누, 누구요?"

물론, 그녀는 홍혜란이 누구에 대해 이야기하고 있는 것인지 너무도 잘 알고 있었다.

"제갈무진. 그 무례한 작자 말이야."

모용주란이 뭐라 대답하지 못하고 머뭇거렸다.

"괜찮아. 무슨 사연인지 꼬치꼬치 캐묻지는 않을 거야. 단지 그자에 대한 너의 감정을 알고 싶은 것뿐이야. 내가 언제나 네 편인 것은 알지? 만일 그자와 너 사이에 해결해야 할 일이 있다면 내가 널 도와줄게."

모용주란의 눈동자가 흔들렸다.

홍혜란의 도움을 받을 수 있다면 제갈무진을 충분히 상대할 수 있을 것이다.

하지만 제갈무진과의 속사정을 그녀에게 이야기할 수는 없었다.

모용주란의 표정이 시시각각 변하는 것을 보며 홍혜란은 속으로 미소를 지었다.

남자와 여자 사이에 생길 수 있는 큰 사건, 그것도 사내는 여인의 처소로 쳐들어와 행패를 부리고 여인은 당하면서도 제대로 이야기를 하지 못한다.

모용주란에게 직접 듣지 않는다 해도 빤히 짐작할 수 있는 일이었다.

하지만 굳이 그 사실을 자신의 입으로 꺼내지 않았다.

오히려 반감을 살 수도 있었기 때문이다.

'어차피 이런 상태라면 조금만 옆에서 건드려 줘도 얼마든지 마음대로 조정할 수 있지.'

홍혜란의 말 한마디 한마디에 반응을 보일 정도면 감정의 기복이 크다는 이야기였기 때문이다.

불안정한 상태에서는 도화선에 불을 붙이듯 작은 자극 하나면 모든 것을 뒤흔들 수 있었다.

홍혜란은 짐짓 걱정스러운 표정으로 모용주란을 바라봤다.

"아까도 말했지만, 자세한 사정은 이야기할 필요 없어. 단, 이것 한 가지만 물어볼게. 놈에게 복수하고 싶어?"

모용주란이 흠칫 놀란 얼굴로 홍혜란을 쳐다봤다.

무슨 일이 있었는지도 모르면서 갑자기 복수를 들먹이다니, 혹시 제갈무진과의 일을 알아차린 것은 아닐까 불안했던 것이다.

"아까도 말했지만 나는 무슨 일이 벌어졌는지에 대해서는 전혀 모르고, 알고 싶지도 않아. 단 네가 이렇게 괴로워하는 모습을 보니 도저히 놈을 용서할 수 없어서 그래. 다시 한 번 물을게. 놈에게 복수하고 싶어?"

모용주란의 눈동자가 세차게 흔들렸다.

당연히 제갈무진에게 자신을 유린한 대가를 치르게

하고 싶었다. 그것도 가장 잔인하게.

하지만 방법이 없었다.

"내가 도와줄게."

홍혜란이 다시 한 번 힘주어 말했다.

"어, 어떻게?"

그제야 모용주란의 입이 열렸다.

"일단 이것부터 묻자. 놈을 살리길 원해? 아님 죽이길 원해?"

어찌 보면 너무 살벌한 이야기였다.

하지만 홍혜란은 아무렇지도 않은 듯 담담한 얼굴로 물었다.

"죽이길 원해요!"

홍혜란의 질문이 끝나기 무섭게 모용주란이 이를 악물고 말했다.

"좋아. 그렇다면 놈은 이제 죽은 목숨이야."

싸늘한 미소를 머금은 홍혜란이 선언하듯 말했다.

"어, 어떻게 그를 죽인단 말이죠? 그는 제갈세가의 차남이에요. 언니가 직접 손을 쓸 수도 없잖아요."

몸을 가늘게 떨며 모용주란이 물었다.

물론, 홍혜란의 실력이라면 마음만 먹으면 제갈무진의 목숨을 얼마든지 빼앗을 수 있었다.

하지만 그 뒷감당을 어떻게 한단 말인가.

제갈세가에서 가만히 있을 리도 없었고, 제갈무진의 잘못에 대한 증거가 없는 상황에서 자칫 반대로 홍혜란이 살인죄를 뒤집어쓸 위험도 있었다.

"너나 내가 움직이지 않고도 놈을 없앨 수 있는 묘책이 있어."

모용주란이 놀란 얼굴로 홍혜란을 바라봤다.

"그게 정말 가능한가요?"

"물론! 차도살인지계(借刀殺人之計)!"

홍혜란이 의미심장한 미소를 지었다.

"다른 사람을 이용할 생각인가요? 누가?"

대체 누가 제갈무진을 죽여 준다는 말인가.

아니, 제갈무진을 죽이도록 만든다는 말인가.

"진운룡!"

홍혜란의 입에서 흘러나온 이름에 모용주란이 두 눈을 부릅떴다.

"진운룡이라고요?"

"그래."

"그가 왜 제갈무진을 죽이겠어요? 제갈무진이 사사건건 그자에게 시비를 걸긴 하지만, 진운룡 그자가 볼 땐 신경 쓸 가치도 없는 인간에 불과할 텐데……."

사실이 그러했다.

진운룡 같은 고수가 후기지수들 중에서도 그다지 특출 나지 않은 제갈무진에게 눈길이나 한 번 줄까.

"죽일 수밖에 없도록 만드는 방법이 있거든. 만약에 말이야……."

홍혜란이 잠시 뜸을 들였다.

"만약에 뭐죠?"

모용주란이 조바심을 참지 못하고 홍혜란을 재촉했다.

"너도 진운룡 그자가 항상 같이 다니는 계집에 대해 알고 있지?"

"소은설?"

"그래. 그녀 말이야."

모용주란은 영문을 알 수 없는 얼굴로 홍혜란을 빤히 쳐다봤다. 도무지 소은설과 진운룡이 제갈무진을 죽이도록 하는 것과 어떤 관계가 있는지 짐작이 되지 않았다.

"만약에 말이야 소은설 그 계집과 제갈무진이 알몸으로 밀실에 있는 것을 진운룡이 발견하게 된다면 어떤 일이 벌어질까? 그것도 소은설이 기절해 있는 상황이라면?"

"무, 무슨 소리예요?"

모용주란이 깜짝 놀라 소리쳤다.

하지만 그녀의 머릿속은 빠르게 회전하고 있었다.

모용주란도 진운룡이 소은설을 특별하게 생각하고 있음을 잘 알고 있었다.

그것이 연인 관계든, 아니면 다른 무엇이든 분명 소은설은 현재 진운룡이 가장 신경 쓰고 있는 사람임에 틀림없었다.

그런 그녀가 기절한 상태에서 제갈무진과 알몸으로 한 방에 있는 것이 진운룡에게 발견된다면!

누가 봐도 제갈무진이 소은설을 억지로 겁탈하려는 상황이었다.

다음에 어떤 일이 벌어질지는 그리 명석하지 않은 이라 해도 얼마든지 짐작할 수 있었다.

제갈무진은 진운룡의 분노에 목숨을 부지하기 힘들 것이다.

"어떻게 두 사람이 함께 있도록 만든다는 거죠?"

모용주란이 안색을 굳힌 채 물었다.

제갈무진이 바보가 아닌 이상 소은설을 겁탈하려 할 이유는 없고, 홍혜란이 그렇게 만들겠다는 이야기인데 그 방법이 짐작이 가지 않았다.

"사실, 거기서 네 역할이 필요해."

홍혜란이 씨익 웃으며 말했다.

마치 기다렸다는 듯 말하는 홍혜란의 모습에 모용주란은 무언가 이질감을 느꼈다.

하지만 그녀에게는 지금 제갈무진에게 복수를 할 수 있다는 사실이 더욱 중요했다.

게다가 동시에 진운룡과 그 얄미운 하오문 계집에게도 타격을 입힐 수 있다.

그야말로 그녀가 바라던 일이 아닌가!

"내가 무슨 수로 두 사람을 같은 곳에 있도록 만든다는 거죠?"

이제는 제법 진지한 얼굴로 모용주란이 물었다.

홍혜란은 속으로 만족스러운 미소를 지었다.

이로써 모용주란이 자신의 계획에 완전히 넘어왔기 때문이었다.

이제 자신의 뜻대로 움직이는 일만 남았다.

"남궁 오라버니의 이야기를 들어 보니 제갈무진이 너에 대해 오래전부터 마음에 두고 있었던 것 같은데, 맞지? 그리고 그날 모습을 보아 놈은 너에 대해서 이제는 집착에 가까울 정도의 모습을 보이고 있어. 그만큼 절실히 너를 원한다는 거지."

모용주란은 홍혜란이 모든 사실을 알고 있는 것은 아닌지 잠시 움찔 했으나, 이미 그녀에게는 제갈무진을 죽일 수 있다는 사실 외에는 다른 생각이 들어설 자리가 없었다.

"······그래서요?"

"제갈무진을 내가 이야기한 장소로 데려와. 그럼 나머지 일은 내가 책임지도록 할게."

"제가 제갈무진을 무슨 수로 데리고 가죠?"

"글쎄, 그것은 네가 생각해야겠지. 예를 든다면 그의 마음을 받아 주겠다고 하든지, 아니면 원하는 것을 들어주겠다고 하든지······."

홍혜란의 은근한 목소리에 모용주란이 몸을 잘게 떨었다.

제갈무진에게 그런 말을 하는 자신을 상상을 하는 것만으로도 온몸에 벌레가 기어 다니는 것만 같았다.

"모, 못해요! 그자의 얼굴도 마주치기 싫다고요!"

"주란아. 놈을 죽이고 싶다면서 그 정도도 감수하지 못하겠다는 거니? 그렇게 마음이 약해서야 어찌 복수를 하겠어? 놈이 네게 저지른 짓을 생각해 봐! 겨우 놈에게 거짓말 몇 마디 하는 것조차 참아 내지 못한다면 나도 이번 일에서 손을 떼겠어."

홍혜란이 차가운 목소리로 말했다.

홍혜란이 단호하게 나오자 모용주란은 당황할 수밖에 없었다.

홍혜란이 돕지 않는다면 자신 혼자서 제갈무진에게 복수할 방법은 없었다. 즉, 이 기회를 놓친다면 그녀는 평생 제갈무진에게 쫓기는 신세가 될 것이다.

그 절박함과 두려움 때문에 그녀는 홍혜란이 마치 모든 사건을 꿰뚫어 보듯 말하고 있음을 눈치 채지도 못했다.

"혹시…… 그가 내 말을 듣지 않고 의심한다면요?"

모용주란의 태도가 갑자기 변한 것을 의심할 수도 있었다.

"호호호, 그건 걱정 마 그런 분별력이 있는 놈이었다면 그렇게 네 숙소로 막무가내 식으로 쳐들어오지도 않았을 테니. 놈은 지금 너에 대한 일이라면 물불을 안 가리는 상황이라고. 이때를 놓쳐선 안 돼."

홍혜란의 말에 일리가 있었다.

그날 제갈무진의 모습은 굶주린 짐승과도 같았다.

모용주란의 숙소는 홍혜란은 물론, 소은설, 다른 손님들의 숙소와도 인접해 있었다.

제갈무진이 말썽을 일으키면 언제 누구에게 눈에 띄

어도 이상하지 않았다.

그럼에도 불구하고 제갈무진은 아무런 거리낌 없이 그녀와 시비를 위협했다. 만일 홍혜란이 아니었다면 무슨 일이 벌어졌을지 알 수 없었다.

그야말로 이판사판, 어떻게 해서든 모용주란을 자신의 손에 넣겠다는 태도였다.

그날 일을 생각하며 모용주란이 다시 한 번 이를 악물었다.

"좋아요! 하겠어요! 어떻게 해서든 놈을 언니에게 데리고 갈게요."

스스로에게 다짐하듯 모용주란이 결연한 표정으로 말했다.

"잘 생각했어. 주란이 네가 그렇게 다부지게 마음먹는다면 나도 최선을 다해 도울게!"

홍혜란이 가늘게 떨고 있는 모용주란의 두 손을 굳게 잡았다.

*   *   *

"은설아 나다."

소은설은 아버지 소진태의 목소리에 반갑게 방문을

열었다.

"아침부터 웬 일이세요? 별로 부지런하지도 않으신 분이?"

소은설이 조금은 짓궂은 표정으로 물었다.

"어허! 이 애비가 부지런하지 않은 것이 아니라 새벽에 돌아다녀야 하니 아침잠이 조금 많았을 뿐이야!"

소진태가 너스레를 떨었다.

하기야 도둑인 그가 움직이는 시간은 밤이나 새벽이었다.

아침이면 그가 일이 끝나 잠이 드는 시간이었던 것이다.

하지만 황보세가에서 도둑질을 할 일은 없으니 아침 잠이 없을 수밖에 없었다.

"그건 그렇고, 너 나랑 잠시 하오문 분타에 좀 다녀오자."

"제녕 분타요?"

소은설이 의아한 얼굴로 물었다.

"그래, 문주께서 부르시는구나."

"문주께서요?"

소은설이 눈을 동그랗게 떴다.

"아! 혹시 진 공자가 부탁한 정보를 알아낸 것은 아

닐까요?"

갑자기 부르는 것을 보면 그럴 가능성이 높았다.

"진 공자한테도 얼른 외출 준비를 하라고 해야겠네요!"

"진 공자는 제외하고 너와 나만 부르셨다."

소진태가 갑자기 정색을 하고 조용히 말했다.

"네?"

"아마도 따로 할 이야기가 있는 모양이야."

"저희한테요?"

소은설이 미간을 좁혔다.

대체 무슨 일로 아버지와 자신을 따로 부르는 것인지 짐작이 가질 않았다.

소진태가 조금은 착잡한 얼굴로 말을 이었다.

"본래 문주는 욕심이 많은 사람이야. 이번에 진 공자를 돕기로 한 것도, 구학을 일행에 집어넣은 것도 자신의 야망을 위해서지. 물론, 그의 야망이라는 것이 결국 하오문을 명문대파와 어깨를 나란히 하도록 만드는 것이지만, 어쨌든 오늘 너와 나를 따로 부르는 이유도 그 때문일 거다. 아마도 진 공자나 그와 관계된 모종의 생각이 있는 게지."

소은설이 눈살을 찌푸렸다.

혹시라도 하오문주가 곤란한 부탁을 하면 어떻게 해야 하나 고민이 됐다.

진운룡 몰래 무언가를 한다는 것 자체가 꺼림칙했다.

자칫 진운룡을 배신하는 것이 될 수도 있었기 때문이다.

"진 공자에게 이야기해야 하지 않을까요? 그는 아버지와 저의 은인이잖아요."

"그건 안 돼. 아무리 그래도 우린 하오문 문도야. 게다가 아직은 짐작일 뿐 실제로 문주께서 우리에게 어떤 용무를 가지고 있는지 확실한 상황도 아니지 않느냐? 만일 진 공자에게 섣불리 이야기했다가 문주가 전혀 관계없는 일로 부른 것이면 괜히 진 공자와 하오문의 관계만 어색하게 만들 뿐이야."

소은설이 고개를 끄덕였다.

아버지의 말이 맞았다. 일단은 문주 곽지량의 말을 들어 보는 것이 먼저였다.

"알겠어요."

"그럼 지금 출발할까? 간만에 부녀지간에 마실이나 즐겨 보자꾸나."

"그럴까요? 호호호."

소진태와 소은설은 무거운 마음을 애써 지운 채 하오

문 제녕분타로 향했다.

*   *   *

천미각 입구로 할아버지와 손녀 사이로 보이는 노소
(老少)가 들어섰다.

두 사람은 들어서자마자 일층 손님들의 시선을 집중
시켰다.

아직 열여일곱 쯤 되어 보이는 손녀의 눈에 확 뜨이
는 미모도 미모였지만, 노인의 행색이 무척 기괴했기
때문이다.

왜소한 체격의 백발의 노인은 특이하게도 눈썹과 수
염이 녹색이었고, 손톱은 검게 반들거렸던 것이다.

게다가 손에 들고 있는 섭선 역시 녹색으로 마치 쇠
로 만든 것처럼 번들거렸다.

"할아버지! 여기가 제남에서 가장 맛있는 음식을 파
는 곳인가요?"

소녀가 앙증맞고 귀여운 입술을 열자 사람들이 탄성
을 뱉어 냈다.

소녀의 목소리가 마치 쟁반에 옥구슬이 구르는 것처
럼 맑고 청명했기 때문이다.

그에 반해 곧이어 들려온 노인의 목소리는 마치 송곳으로 쇠를 긁듯 거칠고 귀를 자극하는 음산한 목소리였다.

"그렇지! 이 천미각이야말로 제남에서 가장 유명한 곳이니라! 끌끌. 특히 말린 해삼을 불려 대하와 함께 간장 양념을 한 홍소해삼(紅燒海參)은 별미 중에서도 별미 이니라!"

"와! 할아버지 빨리 먹고 싶어요! 어서 자리 잡고 요리를 시켜요!"

소녀가 눈을 초롱초롱 빛내며 할아버지를 졸랐다.

"어서 오십쇼! 두 분이십니까?"

그때 점원 하나가 싹싹한 미소를 띄운 채 두 사람에게 달려왔다.

"그렇다네. 숙박도 할 것이니, 방 좀 두 개 잡아 주고, 일단은 배가 고프니 식사부터 해야겠네."

"혹시 따로 원하시는 자리는 있으십니까? 삼층, 사층은 비교적 자리도 넓고 대명호가 바로 내려다보여 아늑하게 식사를 즐기실 수 있습니다. 단 삼십 문의 추가 요금이 붙습니다요!"

점원이 눈가에 실 웃음을 지으며 살살거렸다.

"삼층으로 안내해 주게."

"탁월한 선택이십니다! 그럼 저를 따라오시지요!"

점원이 신이 나서 두 사람을 계단으로 안내했다.

잠시 후 노인과 손녀는 점원을 따라 이층으로 사라졌다.

순간, 일층 구석에서 그 모습을 유심히 지켜보던 방 갓을 쓴 사내 하나가 재빨리 식당 밖으로 뛰쳐나갔다.

*　　　　*　　　　*

모용주란은 제갈무진의 숙소 입구에서 걸음을 멈췄다.

그녀는 떨리는 눈으로 제갈무진의 방문을 바라봤다.

잠시 머뭇거리던 그녀가 이를 악물었다.

'그래! 잠깐의 수모를 참아 내면 놈에게 복수할 수 있어!'

마음을 간신히 가라앉힌 모용주란의 입술이 열렸다.

"제갈 공자, 저 모용주란이에요."

덜컹!

놀란 모습의 제갈무진이 허겁지겁 문밖으로 뛰어나왔다.

그는 반쯤 어리둥절한 얼굴로 모용주란을 바라봤다.

아마도 이것이 꿈인지 현실인지 헷갈려 하는 듯했다.

"모용 소저?"

워낙 의외의 방문인지라 제갈무진은 정신이 멍한 상황이었다.

"맞아요."

모용주란이 담담한 얼굴로 말했다.

제갈무진의 머릿속에서 여러 가지 생각들이 오갔다.

대체 모용주란이 왜 자신을 직접 찾아온 것일까.

평상시 벌레 보듯 자신을 피하던 그녀가 이렇게 찾아온 이유가 짐작조차 되지 않았다.

하지만 여러 고민들은 눈앞에 있는 모용주란의 미모와 그날 밤 뜨겁고 부드럽던 그녀의 알몸이 떠오르자 곧 눈 녹듯이 사라졌다.

당장 눈앞에 그토록 원했던 모용주란이 있는 것이다.

그것도 당장 날 잡아먹으라는 듯 혼자서 말이다.

제갈무진의 입가에 음산한 미소가 걸렸다.

그때 모용주란의 입이 천천히 열렸다.

"저번엔 당신이 너무 갑자기 찾아와서 당황했어요."

제갈무진이 눈가에 이채를 띠었다.

모용주란의 목소리가 평상시와는 달리 너무 부드러웠

기 때문이다.

게다가 저번 일에 대해 화를 내고 있지도 않았다.

제갈무진으로서는 도무지 무슨 영문인지 알 수가 없었다.

하지만 다음 그가 들은 이야기에 받은 충격에 비하면 그것은 아무것도 아니었다.

"사실…… 저도 그날 밤의 첫 경험이 아직 뇌리에서 떠나지 않고 있어요. 상황이 어떻게 됐든 저에게는 당신이 첫 남자였거든요……."

모용주란이 살짝 눈썹을 떨며 말했다.

제갈무진은 이것이 과연 꿈인지 생시인지 분간이 가지 않았다.

아니, 도무지 믿을 수 없는 일이었다.

분명 모용주란에게 무슨 꿍꿍이가 있다고 여겨졌다.

그러나 그의 머리와는 다르게 심장은 쿵쾅거리고 온몸은 뜨겁게 달아올랐다.

"무, 무슨 속셈이야?"

당황한 제갈무진이 목소리를 높였다.

"물론, 믿기 어렵겠죠. 저도 처음에는 그랬으니까요. 그래서 일부러 더 부정하고 당신을 밀어냈어요. 내가 그럴 리가 없다고 수도 없이 되뇌이면서……."

모용주란의 두 눈에는 어느새 눈물이 글썽이고 있었다.

그녀의 눈물을 본 제갈무진의 마음이 흔들렸다.

'부, 분명 그녀는 거짓말을 하고 있는 게 아니야!'

그렇다면 눈물까지 흘려 가며 스스로 부끄러운 이야기를 하지 않을 것이기 때문이다.

그리고 결정적으로 그가 그렇게 믿고 싶었다.

사실, 모용주란의 눈물은 연기이기도 했지만, 동시에 진짜 눈물이기도 했다.

물론, 그 이유는 제갈무진이 생각하는 것과는 정반대였다.

이런 말들을 내뱉어야 하는 지금의 상황이 너무 억울하고 괴로워서 흘리는 눈물이었기 때문이다.

어쨌든 제갈무진은 이미 더 이상 의심을 할 정신이 남아 있지 않았다.

그가 원하던 여인이 속마음을 고백했다.

자신 혼자만의 일방적인 갈망이 아니었던 것이다.

"저, 정말 그랬단 말이오?"

제갈무진의 목소리는 어느새 부드러워져 있었다.

"맞아요. 밤마다 혼자 몰래 당신을 생각하곤 했어요. 하지만 부끄러워서 겉으로 드러낼 수는 없었어요. 자칫 그 일이 알려지면……."

"그, 그렇지 소저의 명예에 흠집이 날 수도 있지……."

이제는 완전히 모용주란에게 넘어가 버린 제갈무진이었다.

모용주란은 속으로 이를 악물었다.

반면 제갈무진은 그간 참았던 욕정이 솟구쳐 올랐다.

"나도 그날 밤 이후 그대를 잊어 본 적이 없소! 그대의 그 매끈하던 피부, 그리고 탐스러운 가슴……! 아……! 난 그야말로 당장이라도 소저를 안고 싶소이다!"

제갈무진이 모용주란의 손목을 잡고 자신의 품으로 끌어들였다.

"자, 잠깐요. 여기선 안 돼요."

모용주란이 제갈무진을 밀어내며 말했다.

"무슨 소리요?"

"이곳은 보는 눈이 너무 많아요."

제갈무진은 그제야 자신이 너무 서둘렀음을 깨달았다.

지금 그들이 있는 곳은 숙소 마당이었다.

사람들의 눈에 띠기 쉬운 곳이었다.

이곳에서 방사를 벌일 수야 없지 않은가.

"하하, 이, 이거 내가 너무 기뻐서 서둘렀구려. 그럼 방으로 들어갑시다!"

"황보세가 안은 안 돼요. 언제 사람이 찾아올지 알 수 없는 상황이에요. 너무 눈이 많아요."

"허허, 그럼 어디로 가잔 말이오?"

제갈무진이 애가 타는 목소리로 물었다.

"천미각이라면 괜찮을 거예요. 그곳 사층에는 비밀스러운 밀실이 있잖아요. 그곳이라면 다른 사람의 시선을 걱정하지 않고 안심하고 마음껏 즐길 수……."

부끄러운 듯 모용주란이 말꼬리를 흐렸다.

그 모습이 너무 요염해서 하마터면 제갈무진은 참지 못하고 그대로 모용주란을 덮칠 뻔했다.

"그, 그럼 얼른 움직이도록 합시다!"

침을 한 번 꿀꺽 삼킨 제갈무진이 앞장서서 천미각으로 향했다.

그 뒷모습을 바라보는 모용주란의 눈에서 한기가 일었다.

$$* \qquad * \qquad *$$

"진 공자님!"

구학이 다급한 목소리로 진운룡의 처소를 찾았다.

명상을 하던 진운룡이 눈살을 찌푸리며 방문을 열었
다.

문밖에는 구학이 안절부절 못하며 서 있었다.

"무슨 일이냐?"

진운룡의 물음에 구학이 자신의 손에 들고 있는 서찰
을 가리켰다.

"고, 공자님! 이 서찰이…….."

진운룡은 천천히 손을 뻗어 서찰을 받아 들었다.

서찰의 내용을 살피던 진운룡의 표정이 갑자기 차갑
게 굳었다.

"누가 준 것이냐?"

진운룡이 한기를 뿜어내며 물었다.

"어, 어떤 꼬마 아이가 제게 전하고 갔습니다."

구학은 진운룡의 무시무시한 눈빛을 감히 마주하지
못하고 고개를 숙인 채 말했다.

"적산!"

진운룡이 공력이 실린 목소리로 적산을 찾았다.

"주군! 부르셨소!"

근처에 있었는지 바람처럼 달려온 적산이 진운룡 앞
에 부복했다.

"소은설은 지금 어디 있느냐?"

"그, 그것이 아침에 아버지와 함께 나갔습니다."

"이런!"

진운룡의 얼굴이 일그러졌다.

"주군. 무슨 일 때문에 그러시오?"

심상치 않은 분위기에 적산이 조심스럽게 물었다.

진운룡이 적산에게 서찰을 넘겼다.

서찰을 살핀 적산의 두 눈이 휘둥그레졌다.

소은설을 데리고 있다.

그녀의 목숨을 살리고 싶거든 천미각으로 와서 내게 무릎을 꿇어라.

만일 다른 사람에게 이 일이 새어 나가도 소은설은 죽게 될 것이다.

―제갈무진

"이런 쳐 죽일 놈! 주군! 내가 당장 가서 놈의 목을 비틀어 버리겠소!"

손을 들어 적산을 제지한 진운룡이 생각에 잠겼다.

우선은 조급한 마음을 억누르고 이성적으로 판단을 하는 것이 먼저였다.

서찰을 확인한 순간부터 소은설의 모습이 머릿속을
자꾸 어지럽히고 있었다.

'내가 그 아이를 이 정도로 생각하고 있었던가?'

진운룡은 스스로의 감정에 조금 놀랐다.

물론, 아직까지는 소은설에게서 제갈여령의 모습이
겹쳐 보이는 탓이 컸다.

서찰을 받은 순간 제갈여령의 마지막 모습이 떠올랐
던 것도 아마 그 때문일 것이다.

결국 지켜 내지 못했던 제갈여령에 대한 죄책감과 그
리움이 소은설에게 그대로 투영되고 있었다.

하지만 그것뿐이라기엔 스스로도 이해 못할 정도로
감정의 기복이 심했다.

'후후, 이미 이백 년을 넘게 살아온 내가 우스운 꼴
이로군.'

진운룡은 천천히 마음을 가라앉히고 부동심(不動心)
을 되찾았다.

일단 상황을 제대로 파악해야 했다.

첫 번째 의문은 가장 핵심적인 문제였다.

'제갈무진이 왜?'

놈이 자신에게 감정이 좋지 않다는 것은 잘 알고 있
었다.

하지만 그렇다고 이렇게 무모한 일을 벌일 정도로 어리석었단 말인가?

대체 이 일로 인해 제갈무진이 얻는 것이 무엇이란 말인가?

그저 무릎을 꿇리기 위해서 이런 큰일을 벌이지는 않았을 것이다.

소은설의 목숨을 담보로 진운룡을 어찌해 보겠다는 것인데, 진운룡이 목숨이라도 내놓기를 바라는 것일까?

소은설을 납치한다 해서 진운룡 같은 고수를 그것도 오만하고 다른 사람을 전혀 상관치 않는 그를 과연 자신의 마음대로 움직일 수 있으리라 본 것인가?

이미 진운룡의 성격을 잘 알고 있는 제갈무진이 그런 생각을 했을 리 없었다.

그나마 가망성이 있는 것이 함정을 파고 기다리는 경우인데, 제갈무진의 능력과 인맥으로 진운룡을 잡을 수 있을 정도의 함정을 판다는 것은 사실상 무리였다.

아무리 생각해도 말이 되지 않는 상황이었다.

어쩌면 배후가 따로 있을 수도 있었다.

지금 진운룡을 노릴 배후 세력이라면 금방 생각나는 곳이 둘이나 있었기 때문이다.

'동창과 방염 장원에서 만난 놈들.'

어찌 됐든 한 가지 사실만은 분명했다.

소은설에게 무슨 일이 생긴 것이다.

아직 정확히 파악할 수는 없지만, 소은설이 외출한 시기에 공교롭게 기다렸다는 듯이 이런 서찰이 왔다는 것은…… 그 내용이 사실일 가능성이 컸다.

아니, 사실이건 아니건의 여부를 떠나 일단은 소은설을 찾아 안위를 확인하는 것이 먼저였다.

"제갈무진은 이 정도 일을 벌일 만큼 배포가 크지 않지. 분명 무언가 배후가 있다."

진운룡의 혼잣말에 적산이 놀란 눈을 했다.

"배후가 있다면?"

"아마도 이것은 나를 끌어들이기 위한 함정이겠지."

"그, 그렇다면 서찰대로 따르면 안 되지 않습니까?"

구학이 불안한 얼굴로 말했다.

"어찌 됐든 소은설 그 아이에게 무슨 일이 벌어진 것만은 분명해. 가만히 앉아 무슨 일이 생기길 기다릴 수는 없지. 그리고……!"

순간, 진운룡의 눈동자가 노랗게 변했다.

우우우우웅!

동시에 그로부터 어마어마한 살기가 뿜어져 나왔다.

"나는 걸어 오는 싸움은 마다하지 않는 주의거든. 게

다가 제 놈들이 스스로 모습을 드러내 준다는데, 나야 고마울 따름이지."

진운룡의 얼굴에 살기 어린 미소가 걸렸다.

먼저 도발을 해 왔다.

그것도 직접 덤비지 않고 주변을 공격했다.

아마도 소은설이 그의 약점이라 여겼을 것이다.

'감히!'

억눌렸던 마성이 수면 위로 떠올랐다.

"놈들이 감히 누굴 건드렸는지 알게 해 주지!"

진운룡의 눈에서 혈광이 일었다.

그는 놈들이 자신에 대해 얼마나 잘못 판단했는지 톡톡히 깨닫게 해 줄 것이라 다짐했다.

"크크크! 맞소! 놈들에게 진정한 공포를 보여 줍시다!"

적산까지 덩달아 살기를 피워 내자 구학은 버티지 못하고 그대로 기절하고 말았다.

*   *   *

"흐응~! 흥~!"

천미각으로 향하는 제갈무진의 발걸음은 무척이나 가

볍고 경쾌했다. 연신 콧노래를 흥얼거리는 모습이 그가 얼마나 들떠 있는지를 말해 주고 있었다.

천미각에 도착하자마자 제갈무진은 점원을 불렀다.

"당장 사층 방으로 안내하거라! 특실로!"

"아! 마침 최고급 매화실이 비어 있습니다요! 그리로 모실깝쇼, 손님?"

"하하하, 좋다! 당장 안내하도록!"

너무 기쁜 나머지 제갈무진은 모용주란과 점원이 은밀히 눈빛을 주고받는 것을 눈치채지 못했다.

사실 점원과는 홍혜란이 준비한 방으로 안내하기로 미리 입을 맞춰 놓은 상태였다.

모용주란은 혹시라도 제갈무진이 눈치를 챌까 떨리는 가슴을 간신히 가라앉히며 점원을 따라 사층으로 올라 갔다.

"여기입니다, 손님."

매화실(梅花室)이라 쓰여진 편액이 붙어 있는 방 앞에서 점원이 멈췄다.

"들어갑시다, 소저."

딴에는 최대한 부드러운 목소리를 낸다고 신경 쓴 제갈무진이었지만, 그의 목소리에는 조급함이 그대로 묻어나고 있었다.

"공자께서 먼저 들어가세요. 뒤따를게요."

"그럴까요? 하하하."

호기롭게 매화실의 문을 열고 들어선 제갈무진의 신형이 갑자기 우뚝 멈춰 섰다.

"이게 대체……."

그는 눈앞에 펼쳐진 광경을 보고 말을 잇지 못했다.

"저들이 왜? 그리고 홍혜란 당신은 왜?"

매화실에는 홍혜란이 미리 기다리고 있었던 것이다.

게다가 바닥에는 정신을 잃은 소은설과 소진태가 쓰러져 있었다.

드르륵!

그때, 매실의 미닫이문이 닫혔다.

"안녕하신가, 제갈 공자?"

뒤통수에서 갑자기 들려온 목소리에 놀란 제갈무진이 급히 뒤를 돌아봤다.

그곳에는 어느새 남궁린이 문을 막아선 채 서 있었다.

"무, 무슨 일이오? 당신들이 여기 왜?"

"호호호, 어리석기는 당연히 네놈을 기다리고 있었지. 아니면 남궁 오라버니와 내가 밀회라도 즐기러 왔겠느냐?"

홍혜란의 비웃음에 제갈무진은 그제야 무언가 일이 잘못되었음을 느꼈다.

모용주란이 자신을 속인 것이다.

"모용주란!"

제갈무진이 분노한 얼굴로 모용주란을 찾았다.

하지만 모용주란은 어느새 홍혜란 옆으로 이동해 있었다.

그녀는 살기가 묻어나는 눈으로 제갈무진을 노려보고 있었다.

분위기를 보아하니 자신에게 복수하기 위해 함정을 판 것이 분명했다

'한데 왜 홍혜란과 남궁린까지 나섰지?'

모용주란이 자신에게 복수를 하려는 것은 충분히 짐작이 갔다. 한데 홍혜란과 남궁린은 무슨 이유로 이런 일을 꾸민 것인가?

그들은 자신과 특별히 원한을 산 것도 없었다.

그렇다고 모용주란이 스스로의 치부를 그들에게 털어놓았을 리 없었다.

게다가 바닥에 쓰러져 있는 소은설과 소진태는 또 뭐란 말인가?

"대체 날 어쩌려는 거요? 여기서 내게 무슨 일이 벌

어진다면 제갈세가에서 가만있지 않을 거요!"

제갈무진이 긴장 된 얼굴로 소리쳤다.

"쯧쯧, 이 상황에서 가문을 들먹이다니, 네놈에게 내세울 거라곤 그 잘난 제갈세가밖에 없는 것이냐? 제 힘으로는 아무 것도 못하는 병신임을 스스로 인증하는구나!"

남궁린이 조소가 가득한 얼굴로 말했다.

"마, 말씀이 심하시오! 남궁 공자!"

"퉤! 더러운 놈! 네놈이 저지른 짓을 생각하면 지금도 치가 떨린다! 오늘 네놈이 누구 손에 죽게 될지나 아느냐? 바로 네놈이 그토록 싫어하는 진운룡이다! 진운룡!"

모용주란이 제갈무진을 향해 침을 뱉었다.

"뭐, 뭐라고? 그자도 네 녀석들과 함께 일을 꾸몄단 말이냐!"

제갈무진은 거의 정신이 나갈 지경이었다.

어찌 자기 하나 때문에 홍혜란, 남궁린을 비롯 진운룡까지 나선단 말인가.

'가만!'

그때, 제갈무진의 눈에 바닥에 쓰러진 소은설의 모습이 들어왔다.

"서, 설마!"

대충 머릿속에 그림이 그려지기 시작했다.

"흥! 이제야 짐작이 가느냐?! 네놈은 진운룡의 손에 죽고 죽은 뒤에도 음적으로 남을 것이다!"

모용주란이 득의한 얼굴로 말했다.

"제, 제발…… 이럴 것까진 없잖소?"

제갈무진이 남궁린을 바라보며 떨리는 목소리로 말했다.

"무, 물론, 내가 잘못한 것은 맞으나, 모, 목숨을 빼앗는 것은 너무하지 않소? 사, 살려만 주시오. 그럼 내가 모, 모용 소저가 원하는 뭐든 다 하겠소이다!"

간절한 제갈무진의 애원을 남궁린은 피식 웃으며 외면했다.

"아. 비루해서 못 봐 주겠네. 어차피 시간도 되었으니 슬슬 준비해야겠군!"

그때였다. 홍혜란의 신형이 바람처럼 움직여 제갈무진의 머리를 잡았다.

제갈무진이 움직임을 눈치챘을 때는 이미 홍혜란이 그의 머리를 잡고 있었다.

"엇!"

놀란 제갈무진이 급히 몸을 피하려 했으나 마치 온몸

이 석상처럼 굳어서 도무지 움직여지지가 않았다.

"무, 무슨 사술을 쓴 것이냐!"

덜컥 겁이 난 제갈무진이 고함을 질렀다.

혹시라도 밖에서 사람들이 듣고 오지 않을까 하는 기대에서였다.

"쯧쯧, 이곳은 이미 내가 기막을 펼쳐 소리와 기척을 모두 차단했다."

남궁린이 한심하다는 듯 제갈무진을 바라봤다.

"언니! 진운룡 그자가 오기 전에 어서요! 이 계집의 옷은 제가 벗길게요!"

모용주란이 소은설의 옷을 벗기기 위해 허리를 굽히는 순간이었다.

"아, 그건 안 되지."

어느새 그녀 앞을 남궁린이 가로막고 있었다.

"그녀가 어떻게 되면 우리 계획에 차질이 생기거든."

모용주란이 엉거주춤한 자세로 남궁린과 홍혜란을 번갈아 바라봤다.

"무, 무슨 소리예요?"

영문을 모르겠다는 얼굴로 모용주란이 남궁린에게 물었다.

사실 이곳에 처음 왔을 때도 홍혜란뿐 아니라 남궁린

까지 있다는 사실에 의문과 이질감을 느꼈었다.

두 사람이 친한 것은 알지만, 이번 일은 자신의 명예도 걸린 일인데 사내인 남궁린이 이 일에 대해 안다는 것은 결코 그녀가 원하는 일이 아니었다.

한데 지금 또 예상치 못한 일이 벌어진 것이다.

제갈무진의 비명이 들려온 것은 그때였다.

"크아아악!"

자신도·모르게 그쪽으로 시선을 향한 모용주란의 두 눈에 경악이 어렸다.

"무, 무슨!"

자신의 눈앞에 벌어진 광경을 그녀는 도저히 믿을 수 없었다.

제갈무진의 코와 입, 귀, 눈에서 핏물이 흘러나와 홍혜란에게 흡수되고 있었던 것이다.

핏줄기가 마치 실타레처럼 이어져 제갈무진의 머리를 잡은 홍혜란의 손으로 빨려 들어가고 있었다.

"크, 크아아악! 사, 살려……."

눈을 뒤집어 깐 채 경련하는 제갈무진의 모습에 모용주란은 털썩 자리에 주저앉았다.

"어, 언니. 이게 대체 어찌……."

그녀는 정신이 하나도 없었다.

눈앞에서 홍혜란이 제갈무진의 피를 흡수하고 있는 것이다.

제갈무진은 점점 쪼그라들어 목내이처럼 변하고 있었다.

"이 계집도 처리할까?"

남궁린이 비릿하게 웃으며 홍혜란에게 물었다.

"아뇨. 아직은 이용가치가 있어요."

제갈무진의 시체를 바닥에 내팽개친 홍혜란이 음산한 눈으로 모용주란을 바라봤다.

"어차피 너는 우리와 한 배를 탔어. 여기서 네가 이 사실을 밝혀 봐야 너에게도 이득될 게 전혀 없음을 잘 알고 있겠지? 제갈무진을 죽이려 했던 것은 바로 너잖아?"

모용주란이 아무 말도 하지 못한 채 몸을 덜덜 떨었다.

"자 지금부터 두 가지 선택의 기회를 줄게. 첫째, 이 대로 제갈무진처럼 목내이가 되든지, 둘째, 우리의 말을 따르든지. 어때? 너무 쉬운 선택이지? 자 이제 어떻게 할 거지?"

어느새 핏빛으로 변한 홍혜란의 눈동자가 모용주란을 꿰뚫듯 바라봤다.

모용주란으로서는 선택의 여지가 없었다.

홍혜란의 말대로 제갈무진의 죽음을 원하고 그를 이곳으로 유인한 것은 자신이었다.

사실이 밝혀진다면 그녀 역시 무사하지 못할 터였다.

그리고 그보다 더 그녀를 어쩌지 못하도록 만드는 것은 바로 홍혜란에 대한 두려움이었다.

만일 홍혜란의 말을 따르지 않으면 자신도 제갈무진과 같은 꼴이 될 것이 분명했기 때문이다.

"따, 따를게요."

모용주란이 간신히 입을 열어 대답했다.

"좋아! 모든 것이 준비되었군요! 이제 오늘의 주인공을 기다려 볼까요?"

 　　　　*　　　　　　*　　　　　　*

진운룡은 최대한 빨리 속도를 내서 천미각을 향했다.

소은설에게 일이 벌어지기 전에 도착해야 했기 때문이다.

천미각은 황보세가에서 그리 멀지 않았다.

하지만 진운룡에게는 그 시간이 영겁처럼 느껴졌다.

그의 기억속으로 제갈여령의 마지막 모습이 떠올랐다.

—운랑…… 사랑해요. 그리고 이런 굴레를 씌워서 정말 미안해요…….

진운룡의 가슴속에서 분노가 일었다.

소은설과 제갈여령의 모습이 겹쳐지며 숨어 있던 마성이 끓어올랐다.

이미 부동심의 경지에 이른 진운룡이 이토록 마음이 흔들리는 것은 어찌 보면 있을 수 없는 일이었다.

물론 피의 저주 이후로 감정의 기복이 심해진 것은 사실이었지만, 지금처럼 흔들리지는 않았다.

'혹여 벌써 일이 벌어진 것은 아니겠지…….'

동창이나, 방염의 장원에서 만난 정체불명의 세력이나 잔혹한 일을 서슴지 않는 자들이다.

소은설에게 무슨 짓을 할지 모르는 상황이었다.

진운룡은 자꾸만 드는 불안한 마음을 억지로 가라앉혔다.

마음이 조급해지면 제대로 생각을 할 수 없었기 때문이다.

'만일 너에게 무슨 일이라도 생겼다면, 그와 관련된 자들을 하나도 살려 두지 않을 것이다!'

진운룡의 두 눈에서 혈광이 뿜어져 나왔다.

"주군! 천미각입니다!"

적산의 외침과 함께 진운룡이 신형을 멈췄다.

"후우……."

호흡을 차분히 가다듬은 진운룡이 천천히 천미각으로 들어섰다.

"어서 오십시오!"

점원 하나가 재빨리 진운룡을 맞이했다.

제갈무진과 모용주란을 안내했던 그 점원이었다.

"제갈무진이 이곳에 있나?"

진운룡은 다짜고짜 점원에게 물었다.

어차피 놈들이 함정을 팠다면 진운룡을 기다리고 있을 것이다.

당연히 점원에게도 미리 언질을 했을 것이 분명했다.

"아! 진 공자시군요? 따라오시지요."

역시 예상대로였다.

진운룡과 적산은 점원을 따라 계단으로 향했다.

*　　　　*　　　　*

"응?"

홍소해삼을 맛있게 음미하던 노인의 시선이 갑자기 계단을 향했다.

"할아버지, 무슨 일이에요?"

소녀가 의아한 얼굴로 조부(祖父)의 시선이 향한 곳을 바라봤다.

"어머! 세상에 저렇게 잘생긴 사내는 처음 봐요!"

소녀가 놀란 눈으로 말했다.

계단에는 조각 같은 미남과 산발한 사내 하나가 점원을 따라 사층으로 향하고 있었다.

물론, 그는 바로 진운룡이었다.

"놀랍군!"

진운룡의 뒷모습을 보는 노인의 눈에 이채가 일었다.

"왜요? 잘생겨서요?"

소녀가 익살스러운 표정으로 물었다.

"내가 기운을 읽을 수 없다니. 무슨 특수한 무공이라도 익힌 겐가?"

노인이 고개를 갸웃거렸다.

"할아버지가 못 읽었다고요? 정말인가요?"

소녀가 눈을 동그랗게 뜨고 물었다.

"그래. 참으로 재밌는 녀석이군."

씨익, 웃는 노인의 눈동자에 녹색빛이 어렸다 사라졌다.

"할아버지, 궁금증은 나중에 푸시고 일단 음식부터 드세요!"

할아버지의 궁금증이 발동했음을 눈치챈 소녀가 못마땅한 얼굴로 빽 소리쳤다.

"허허, 알았다."

노인이 소녀의 성화에 다시 젓가락을 들었다.

8장
함정

"여기입니다. 손님! 그럼 즐거운 시간 되십시오!"

매화실 앞에 진운룡과 적산을 안내한 점원이 고개를 숙여 인사를 한 후 아래층으로 사라졌다.

적산은 조용히 진운룡이 움직이길 기다렸다.

우우우우웅!

진운룡이 기운을 퍼뜨려 안쪽의 상황을 살폈다.

매화실 안쪽에는 모두 여섯 명이 있었다.

'한 명은 죽었군.'

진운룡이 눈살을 찌푸렸다.

기감으로 보아 소은설은 아니었다.

'일단은 들어가 봐야겠군.'

드르륵!

천천히 문을 열고 진운룡과 적산이 매화실로 들어섰다.

"어서 오세요, 진 공자."

진운룡의 눈에 이채가 떠올랐다.

홍혜란과 남궁린을 발견했기 때문이다.

모용주란이 한쪽에서 떨고 있는 것도 보였다.

"제갈무진?"

바닥에 있는 시신은 바로 제갈무진이었다.

게다가 그의 몰골은 목내이와 흡사했다.

방안에 가득한 피 냄새를 보면 흡혈을 당한 것이 분명했다.

예상대로 배후 세력은 혈신대법을 사용하는 자들이었던 것이다.

하지만 홍혜란과 남궁린이 그들과 관련되어 있다는 것은 진운룡으로서도 의외였다.

진운룡의 시선이 곧장 쓰러져 있는 소진태와 소은설에게로 향했다.

다행히 정신을 잃었을 뿐인 듯, 아무런 상처도 보이지 않았다.

"자 이제 무대와 주인공이 갖추어졌으니, 한 편의 경

극을 시작할 때가 되었군요."

"으…… 음."

그때, 소은설과 소진태가 신음을 흘리며 깨어났다.

"흠, 계산대로 딱 적당한 시간이야."

홍혜란이 만족한 듯 고개를 한 번 경쾌하게 끄덕였다.

적산이 나서려는 것을 제지한 진운룡은 가만히 홍혜란이 하는 양을 지켜봤다.

"이, 이게 어떻게 된 일……."

정신을 차린 소은설이 어리둥절한 얼굴로 주변을 두리번거렸다.

그녀는 아버지와 함께 하오문 제남지부로 향하던 중 복면인들의 습격을 받아 정신을 잃었었다.

한데 눈을 떠보니 이 상황인 것이다.

"나, 남궁 공자? 홍 소저? 어라? 당신까지?"

소은설은 일이 어떻게 진행되고 있는지 도무지 감을 잡을 수 없었다.

그때, 그녀의 시선에 제갈무진의 참혹한 시신이 잡혔다.

"꺄악! 저, 저게 뭐죠?"

놀란 소은설이 비명을 질렀다.

"무슨 일인지 궁금하시겠죠? 아! 걱정 말아요. 소 낭자는 우리에게도 소중한 자산이니까. 털끝 하나 다치지 않게 할 거예요. 물론, 아직까지는 말이지요."

홍혜란이 입가에 엷은 미소를 지으며 말했다.

"이 모두 네가 벌인 일인가?"

그제야 진운룡의 입이 열렸다.

너무도 담담하고 무미건조한 목소리였다.

"뭐 그렇다고 보는 것이 맞겠지요?"

"나를 잡겠다?"

진운룡이 피식 웃으며 말했다.

"그 웃음이 과연 얼마나 갈까요?"

홍혜란의 눈동자가 번뜩였다.

"겨우 여기 있는 이들로 나를 상대하겠다는 것인가?"

"호호호, 물론, 나와 남궁 오라버니가 상대할 수도 있지만, 아쉽게도 오늘은 다른 분을 초빙했어요."

삐이이익!

그때, 바깥쪽에서 호각 소리가 울렸다.

"마침 도착한 모양이군요."

"감히! 누가 내 손녀를 건드려!"

그때, 천미각 전체를 쩌렁쩌렁 울리는 고함 소리와

함께 풍신 홍무생이 비호처럼 계단으로 뛰어 올라왔다.

"하, 할아버지 여기예요!"

홍혜란이 짐짓 겁먹은 얼굴로 풍신을 불렀다.

"무슨 일이냐! 혜란아!"

눈을 부라리며 매화실로 뛰어 들어온 홍무생의 표정이 딱딱하게 굳었다.

떨고 있는 홍혜란과 바닥에 있는 제갈무진의 시신을 발견한 것이다.

"이것은!"

분명 흡혈의 흔적이었다.

"저, 저자의 짓이에요! 할아버지!"

홍혜란이 겁먹은 얼굴로 진운룡을 가리켰다.

그제야 진운룡은 홍혜란의 속셈을 알 수 있었다.

"저런 미친년을 보았나! 네년이 저지른 일을 어찌 주군께 덮어씌우는 것이냐!"

적산이 어이가 없다는 얼굴로 말했다.

"지금 네놈이 감히 내 손녀를 욕한 것이냐?"

우우우우웅!

순간, 홍무생의 어마어마한 살기가 적산을 향했다.

쩌어어억!

그러나 그 살기는 진운룡이 뿜어낸 기운에 의해 뒤로

밀려났다.

"흥! 제법이구나? 그 뛰어난 능력을 믿고 마음대로 살인을 해도 된다고 여기는 것이냐?"

"누가 살인을 했다는 거요!"

적산이 발끈했다.

"제갈 공자를 죽인 것은 홍 소저예요!"

그때, 소은설이 소리쳤다.

홍무생이 굳은 얼굴로 소은설을 바라봤다.

"소저는 그 말에 책임을 질 수 있나?"

"할아버지 소 소저가 진운룡과 가까운 사이임을 잊으셨어요? 그녀는 진 공자를 보호하려고 거짓말을 하는 거예요."

"홍 매의 말이 맞습니다. 분명 진 공자가 제갈 공자를 죽였습니다."

남궁린이 홍혜란의 말에 동조했다.

"주란아 너도 이야기 좀 해 줘!"

홍혜란의 목소리에 구석에서 떨고 있던 모용주란이 더듬거리며 입을 열었다.

"소, 소 소저 왜 거짓말을 하는 거예요? 부, 분명 진 공자가 하는 짓을 봤잖아요?"

그녀의 모습이 마치 진운룡이 두려워 떠는 것처럼 보

였다.

이렇게 되자 홍무생으로서는 손녀의 말에 더욱 신뢰가 갈 수밖에 없었다.

하지만 그렇다고 무턱대고 손녀의 편을 들 수는 없었다.

처음 흥분이 가시고 나자 이해가 되지 않는 부분이 있었기 때문이다.

진운룡 같은 고수가 왜 아무 이유도 없이 제갈무진을 죽이겠는가.

아무리 봐도 제갈무진은 진운룡이 신경조차 쓰지 않을 정도로 보잘것없는 존재였다.

물론, 진운룡이 기분 내키는 대로 살인을 저지르는 마인이라면 충분히 가능했다. 하지만 그동안 보여 준 그의 행보는 그것과는 전혀 거리가 멀었다.

거기다 피를 흡수하다니.

진운룡은 흡혈을 하는 자들을 두 번씩이나 격퇴하지 않았던가.

그런 그가 제갈무진의 피를 흡수해 죽였다는 것은 더욱 믿어지지 않았다.

홍무생은 아무래도 흥분을 가라앉히고 자초지종을 알아봐야겠다 생각했다.

"대체, 어떻게 된 일이냐?"

홍무생이 홍혜란을 보며 물었다.

'역시 할아버지는 녹록한 사람이 아니야.'

홍혜란이 속으로 감탄을 했다.

어느새 평정심을 찾은 것이다.

하기야 십이천이 어떤 존재이던가?

사령들은 십이천에 대해 과소평가하고 있지만, 옆에서 직접 지켜본 그녀는 십이천의 능력에 대해 너무나도 잘 알고 있었다.

특히 자신의 할아버지는 정보를 수집하고 분석하는 게 특기였다.

금방 석연치 않은 점을 발견해 낸 것은 어찌 보면 당연한 일이었다.

하지만 그녀에게는 이미 이 상황에 대한 준비가 되어 있었다.

"오늘 이 모임은 사실 우연치 않은 상황에서 이루어 졌어요. 본래, 남궁 오라버니와 주란이 그리고 제갈 공자 이렇게 네 명이 자리를 가진 것인데……."

홍혜란의 눈이 소진태와 소은설에게로 향했다.

"갑자기 저 두 사람이 저희가 있는 곳으로 달려 들어 왔어요."

"무슨 소리예요!"

납치당한 후 깨어나 보니 이곳에 있었던 소은설로서는 당연히 황당하기 그지없는 소리였다.

그에 아랑곳하지 않고 홍혜란은 이야기를 계속했다.

"마치 쫓기는 듯한 모습이었죠."

"하! 소설을 쓰고 있네!"

적산이 코웃음을 치며 말했다.

"조용! 건방지게 나서지 말고 우선 이야기를 끝까지 듣거라!"

홍무생의 고함에 적산이 콧방귀를 뀌었다.

홍혜란이 계속해서 말을 이었다.

"한데 저들로부터 우리는 놀라운 사실을 들었어요."

소은설은 정말 어이가 없었다.

기절해 있던 자신에게 무슨 말을 들었다는 말인가.

그러나 홍혜란의 이야기는 계속되었다.

"그것은 바로 저자가!"

홍혜란이 진운룡을 가리켰다.

"혈귀곡의 혈귀라는 사실이에요!"

홍무생의 눈이 커다래졌다.

혈귀곡의 혈귀에 대한 이야기는 강호인이라면 대부분 알고 있었다.

그도 그럴 것이 무림 사대 금지에 대해 아는 이라면 당연히 혈귀에 대해서도 한 번쯤은 들어 봤기 때문이다.

혈귀곡의 피를 빨아 먹는 괴물이 산다!

확인되지 않은 소문이지만, 목내이가 된 시체들이 발견되면서 사람들은 점차 그것이 사실이라고 믿게 되었다.

물론, 강호의 고수들은 코웃음을 쳤지만 말이다.

하지만 요즘이라면 그 소문을 결코 허구라고만 말할 수 없게 되었다.

"무, 무슨 소리를 하는 거예요!"

소은설이 당황해서 소리쳤다.

대체 어떻게 홍혜란이 그 사실을 알고 있다는 말인가.

혈귀곡에 대한 것은 자신과 진운룡, 제녕의 숙부와 용태밖에 모른다.

'아니, 초진도도 알고 있었지!'

하지만 그와 그 잔당들은 모두 죽었다.

살아남은 이들도 모두 자결을 했기 때문이다.

"무슨 소리냐뇨? 분명 당신 아버지가 우리에게 이야기했잖아요? 본래 할아버지께 이야기하려 했으나, 진 공자가 눈치를 챌까 봐 우리한테 왔다고요."

"아, 아니에요!"

소은설이 고개를 세차게 흔들며 진운룡의 눈치를 살폈다.

혹시라도 그가 오해할까 걱정 됐던 것이다.

하지만 진운룡은 약간 눈살을 찌푸릴 뿐 별다른 반응이 없었다.

사실 진운룡으로서는 홍혜란이 무얼 믿고 어차피 밝혀질 무리한 거짓말을 하는지 이해가 가지 않았기 때문이다.

그때, 뜻밖의 반전이 벌어졌다.

"홍 소저의 말이 맞소. 은설이가 계속 말렸지만, 나는 사실을 더 이상 숨길 수가 없었소이다. 제갈 공자는 저자가 나를 죽이려는 것을 막다가 결국 저리된 거요. 만일 풍신 어르신이 근처에 계시지 않았다면 이곳에 있는 이들이 모두 저 꼴이 났을 겁니다."

소진태가 갑자기 홍혜란을 동조하고 나선 것이다.

진운룡은 그제야 홍혜란이 믿은 것이 무엇인지 알 수 있었다. 소진태가 홍혜란과 한패였을 줄이야 누가 예상이나 했겠는가?

"아, 아버지!"

소은설이 경악스러운 얼굴로 소진태를 바라봤다.

대체 자신의 아버지가 왜 저런 거짓말을 하는 것일까 이해가 가지 않았다.

"할아버지! 들었죠?"

홍혜란이 기회를 놓치지 않고 홍무생에게 자신의 주장이 사실임을 확인했다.

"진 공자! 이제 사실을 밝히시오!"

남궁린도 이때다 하며 진운룡을 몰아세웠다.

"흥! 모두 작당을 해서 주군을 모함하려는 거냐!"

적산이 분노에 차 으르렁 거렸다.

"무슨 일인데 이 소란인가?"

그때였다.

쇠를 긁는 듯한 목소리에 방 안의 시선이 집중되었다.

목소리가 들려온 문밖에는 한 쌍의 노소가 서 있었다.

바로 삼층에서 홍소해삼을 즐기던 노인과 그 손녀였다.

"자네가 여기 웬일인가?"

홍무생이 놀란 눈으로 노인을 바라봤다.

"오랜만에 대명호의 풍광을 보며 식도락을 즐기고 있

는데, 갑자기 자네가 나타나 씩씩대며 이리로 올라오길
래 궁금해서 따라와 봤지."

노인은 마치 풍신 홍무생과 친한 지기인 마냥 허물없
이 대했다.

"독황(毒皇) 어른!"

남궁린이 얼른 노인에게 고개를 숙였다.

바로 이 기괴한 외모의 노인이 십이천(十二天) 중 한
명 독황 당요였던 것이다.

'진운룡! 네놈이 아무리 대단해도 과연 십이천 둘을
상대할 수 있을까?'

홍혜란의 입가에 보일 듯 말 듯한 미소가 걸렸다.

드디어 진운룡을 상대할 두 사람이 모두 자리한 것이
다.

두 명의 십이천!

정파 제일 고수 남궁진천이라 해도 결코 쉽지 않은
승부였다.

"한데 대체 무슨 일인가?"

당요가 눈을 동그랗게 뜨고 물었다.

"어차피 모두 들었을 것 아닌가?"

씨익!

홍무생의 말에 독황이 이를 드러내며 웃었다.

그를 너무도 잘 아는 홍무생이었다.

홍무생과도 성격이 비슷해 싸움이나 소란이 있으면 두 팔 걷어붙이고 쫓아다니는 이가 바로 당요였기 때문이다.

당연히 이미 삼층에서부터 귀를 열어 놓고 위에서 벌어지는 일을 살피고 있었다.

하지만 손녀의 성화에 바로 올라오지 못하고 이제야 모습을 드러낸 것이다.

"그래. 혈귀라…… 후후. 재밌겠군."

당요가 날카로운 눈으로 진운룡을 바라봤다.

"자네는 할 말이 있는가?"

홍무생이 진운룡에게 마지막으로 물었다.

이제 모든 정황이 진운룡에게 불리하게 돌아가고 있었다.

그럼에도 불구하고 확실히 단정 짓지 않고 있는 것은 무언가 석연치 않은 게 있었기 때문이다.

오랜 경험을 통해 단련된 육감이 무언가 찜찜한 느낌을 계속 던지고 있었다.

"내가 아니라고 하면 믿어 줄 겁니까?"

진운룡이 피식 웃으며 물었다.

어차피 이 상황에서 진운룡과 소은설의 말은 무의미

했다.

소진태의 배신이 결정적이었다.

'납치되었을 때, 놈들에게 세뇌된 것인가?'

그럴 가능성이 높았다. 초진도나 방염의 머리에 금제를 가한 놈들이라면 세뇌라고 해서 못한다는 보장이 없었다.

어쨌든 소진태야말로 홍혜란의 회심의 한 수였던 것이다.

홍무생은 쉽사리 대답하지 못했다.

이제 와서 진운룡의 말을 들어 봐야 아무런 의미가 없다는 것을 그도 잘 알고 있었기 때문이다.

"한 가지만 묻겠습니다. 어떻게 이곳에 오게 된 것입니까? 그것도 시간을 맞춰서, 마치 미리 계획한 듯 말이지요."

홍무생이 미간을 좁혔다.

천미각 점원이 갑자기 달려와 자신에게 손녀가 공격받고 있다고 알렸고, 깜짝 놀라 다른 생각을 할 사이도 없이 정신없이 천미각으로 달려왔다.

점원은 홍혜란이 보낸 것이었다.

아침에 개방 분타에 간다고 손녀에게 이야기했기에 홍무생의 행적을 미리 알고 있었던 것이다.

운이 좋게도 개방분타는 천미각 바로 근처였기에 단숨에 이곳에 도착할 수 있었다.

모든 게 너무 딱 맞아 떨어진 느낌이 강했다.

"자네가 결백하다면 이대로 우릴 순순히 따르게. 공정한 조사를 통해 시시비비를 가릴 것을 약속하지."

"공정한 조사라……."

진운룡의 한쪽 입꼬리가 말려 올라갔다.

홍무생 자신도 그 말이 얼마나 공허한 이야기인지 잘 알고 있을 터였다.

"누명을 씌운 자들에게 조사를 받으라니 개소리군!"

적산이 적의 어린 표정으로 말했다.

홍무생의 얼굴에 안타까움이 어렸다.

제갈무진을 살해한 범인이냐 아니냐를 떠나서 자신이 진운룡의 입장이라도 이대로 잡혀 가지는 않았을 것이다.

"부탁이니 내가 손을 쓰게 만들지 말게."

홍무생이 무거운 목소리로 말했다.

"뭘 그리 고민하고 있나? 그냥 잡아가면 되지?"

지루한 듯 귀를 파던 당요가 더 이상 참지 못하고 나섰다.

우우우우우웅!

당요의 구부정하던 허리가 순간 반듯이 펴졌다.

동시에 그의 몸에서 사위를 누르는 막대한 기운이 뿜어져 나오기 시작했다.

'드디어 시작이군.'

홍혜란이 속으로 회심의 미소를 지었다.

이제 진운룡과 두 십이천의 대결은 돌이킬 수 없게 된 것이다.

"너희들은 자리를 피하거라!"

홍무생이 홍혜란을 비롯 방 안 사람들에게 소리쳤다.

싸움이 벌어지게 되면 그들로서는 감당할 수 없었기 때문이다.

"소 소저도 위험하니 함께 가요."

홍혜란이 이때다 하며 소은설의 손목을 잡고 밖으로 나가려 했다.

진운룡은 이제 죽은 것이나 마찬가지이니 이 기회에 소은설을 데리고 빠져나가려는 것이다.

십이천 둘을 이용해 진운룡을 잡고 소은설까지 손에 넣다니 그야말로 일석이조의 계책이 아닐 수 없었다.

하지만 모든 일을 꾸민 것이 홍혜란인 것을 알고 있는 진운룡이 소은설이 그녀의 손에 넘어가는 것을 그대로 두고 볼 리가 없었다.

"아무도! 그 아이를 데리고 이곳을 빠져나갈 수 없다!"

구우우우우웅!

진운룡의 나직한 목소리가 방 안을 가득 채움과 동시에 홍혜란의 온몸이 그물에라도 걸린 것처럼 손 하나 까딱할 수 없는 상태가 되었다.

단지 한 줄기 기운만으로 홍혜란의 움직임을 봉쇄해 버린 것이다.

예상치 못한 사태에 홍혜란이 눈살을 찌푸렸다.

진운룡이 십이천 둘을 상대하면서 자신에게까지 신경을 쓸 여유가 있으리라고는 그녀도 미처 생각 못했기 때문이다. 그것은 곧 진운룡의 능력이 그녀가 예상했던 것보다 뛰어나다는 말과도 같았다.

'젠장! 본신의 힘만 쓸 수 있다면……'

홍혜란이 이를 악물었다.

그녀가 본신의 힘을 발휘한다면 이정도 압력쯤이야 얼마든지 벗겨 낼 수 있었다.

하지만 그렇게 되면 지금까지 애써 꾸민 계획이 모두 수포로 돌아간다.

일단은 지금 상태로 기다리는 수밖에 없었다.

"이놈! 기어코 피를 보자는 것이냐!"

홍무생이 노기 어린 얼굴로 호통 쳤다.

"말로는 믿질 않으니 두드려 패서 이해시키는 수밖에!"

진운룡이 기세를 끌어 올리며 광오하게 말했다.

"크하하하! 건방진 놈이로구나! 나와 풍신을 앞에 두고 두드려 패서 이해시키겠다고? 크하하하하하!"

독황이 광소를 터뜨렸다.

동시에 진운룡의 눈동자가 노랗게 물들었다.

혈룡의 전설이 이제 막 시작되려 하고 있었다.

〈『혈룡전』 제4권에서 계속〉

혈룡전

1판 1쇄 찍음 2014년 11월 17일
1판 1쇄 펴냄 2014년 11월 20일

지은이 | 기억의 주인
펴낸이 | 정 필
펴낸곳 | 도서출판 뿔미디어

편집장 | 이재권
기획 · 편집 | 윤영상

출판등록 | 2002년 9월 11일 (제081-1-132호)
주소 | 경기도 부천시 원미구 상동로 117번길 49(상동) 503호 (우)420-861
전화 | 032)651-6513 / 팩스 032)651-6094
E-mail | bbulmedia@hanmail.net
홈페이지 | http://bbulmedia.com

값 8,000원

ISBN 979-11-315-3696-4 04810
ISBN 979-11-315-3415-1 04810 (세트)